발길이 닿는 길이 곧 마음이 머무는 곳이 되고,
발길에 닿은 인연이 곧 마음에 남는 추억이 되길.

중규단상

책을 시작하며

어려서부터 마음에 있는 말을 하는 데 재주가 없었다. 친구들과 또는 지인들과의 자리를 파하고 돌아가는 길이면, '왜 내가 이 말을 못 했지?', '그 말은 하지 말 걸 그랬네…' 같이 후회하는 일이 많았다. 그때마다 다음번에는 진심이 담긴 말을 해보자며 다짐했지만 느는 건 농담뿐이었고, 진담(眞談)은 희미한 채로 마음에 남아 쌓여만 갔다.

그런데 책을 읽다 보면 마음에 있는 말들이 무엇인지 선명히 보였다. 그때마다 책을 덮고 멈춰서 생각하곤 했다. 실은 마음에 있는 말을 하는 데 재주가 없는 게 아니라, 마음을 숨기고 싶었던 건 아닐까 하는 생각. 그 이후로 서툴지만 무언가를 조금씩 기록하기로 했다. 말이 아닌 글이라면 진짜 내 마음을 이야기할 수 있을 것 같았다.

그렇게 글을 쓰기 시작하면서 차츰 마음에 무엇이 들어있는지 알게 되었다. 덕분에 진심을 전하지 못해 후회할 일이 줄어들었고, 가끔은 날카로워 미안하지만 진담을 전하는 때가 많아졌다. 그러니 이 책은 희미한 마음을 쫓아가며 쓴 기록들이라고 할 수 있다. 농담이 아닌 진담을, 깊은 곳에 있는 진심을 전하기 위한 흔적들. 아직도 나는 나를 잘 모르지만 글을 통해 점점 더 나를 알게 되는 것 같아 기쁘다.

꽃에 대한 단상, 여행의 순간, 좋아하는 산책과 시선들, 숱한 감정들, 누군가와의 기억, 이제는 아련한 추억까지. 마음에 고스란히 쌓여 있던 이야기들을 꺼내어 담았다. 그래서 책의 전체적인 분위기는 나의 분위기와도 무척이나 닮아있다.

끝으로 책을 엮는 데 도움을 준 사람들에게 감사 인사를 하고 싶다. 자극적인 색깔이 없는, 옅은 색을 띤 나의 사진과 글을 꾸준히 응원해주는 사람들이 있어 이 책을 엮을 수 있었다. 곁에서 혹은 멀리서, 거리와 상관없이 힘이 되는 지인들, 친구들, 가족들. 이제는 멀어진 인연들까지. 모두에게 감사하다는 말을 전한다. 그들이 있었기에 타지에서 홀로 지내면서도 크게 외로웠던 적이 없었다. 또한 곁에서 늘 존중의 자세로 좋은 방향을 제시해 준 신하영, 이현중 편집자에게도 감사 인사를 전한다.

그리고 엄마와 아빠에게. 이제까지 한 번도 제대로 해본 적 없는, 사랑한다는 고백을 전한다.

목차

1장 유난히 다정하게 느껴졌던

◆

목차

2장 모든 순간이 온전히 나였으면

◆

◆

목차

3장 우리는 우리를 모르고

◆

◆

1장. 유난히 다정하게 느껴졌던

좋은 풍경은 보고 또 보고, 돌아서서도 보고,
뷰파인더로도 보고, 사진으로도 본다.
꼭 사랑할 때 그러는 것처럼.

봄의 속성

"매화다, 봄이다!"

수업 끝나고 예대 앞을 지나갈 때 이제 막 피기 시작한 매화를 보았다. 겨울잠에서 깨어난 봄의 비몽사몽처럼 몽롱한 듯 깨고 있던 하얀 매화. 그 모습이 어찌나 매혹적이던지 나도 모르게 끌려가 향기를 맡고 여러 번 함께 사진을 찍었다.

매화를 봄의 알람이라고 하던가. 이제 봄이 머지않았음을 짐작한다. 봄이라고 해도 특별히 다른 건 없지만, 어쩐지 마음에 산뜻한 바람을 불러일으킬 것 같은 기분이 든다. 봄에는 미뤄두었던 외국어 공부도 하고, 헬스장도 다시 등록하고, 벚꽃 보러 경주도 가야지. 기대되는 일도 걱정되는 일도 많다.

모든 일을 해낼 수 없다는 것을 알면서도 이렇듯 봄이면 꼭 무언가 시작하고 싶다. 어쩌면 봄에 태어난 나는 이런 운명을 타고난 건지도 모른다. 가령 그것이 사랑이라 해도 그렇다. 봄에 마주한 당신에게 빠져들었던 건 동면을 깨고 피어난 매화에게 끌려간 것처럼 속절없는 일이 아니었을까.

당신을 봄이 아닌 다른 계절에 마주했다면 어땠을까. 고작 계절만으로 설명할 수 없는 만남이지만, 다른 계절에 서 있을 당신을 상상하고 싶지 않다.

머지않아 잠에서 깨어난 매화가 사방에 향기를 일 것이다. 그때가 되면 봄을 향한 나의 마음도 다시금 일겠지.

모든 순간의 꽃

다자이 오사무는 꽃을 두고 이렇게 말했다.

"꽃은 시들기 전까지가 꽃인 것이다. 아름다운 때에 잘라버리지 않으면 안 된다."

살아갈수록 천박한 추태를 보이는 사람을 두고 한 말이지만, 내 마음에 절절히 와닿는 말이기도 했다. 그런데 벚꽃은 어떤가. 낙화하는 순간까지 아름답지 않던가. 기억을 되짚어 봐도 시들어 있는 벚꽃을 본 적은 없다. 그의 말대로라면 벚꽃만큼은 모든 순간을 꽃이라 할 수 있겠다.

모든 순간의 꽃. 가능하다면 나도 모든 순간이 온전히 나였으면 좋겠다.

변덕과 진심

무더운 여름이면 곳곳에서 각양각색의 수국이 흐드러지게 피어난다. 하나의 뿌리에서 많은 꽃송이가 여울지고, 하나의 꽃송이에서 많은 잎이 열리는, 풍성함이 매력적인 꽃이다. 처음 흰색의 수국은 시간이 지나며, 푸른색, 붉은색, 보라색 등으로 변한다. 하여 수국의 꽃말이 변덕인지도 모른다.

변덕이라 하면 이랬다저랬다 일관성 없는 태도나 부정적인 성질을 뜻한다. 하지만 흰색 수국도, 푸른색 수국도, 붉은색 수국도 내 눈에는 모두 어여쁘기만 한 변덕이다. 모든 변덕이 이토록 아름답다면 변덕이라는 말은 조금은 긍정적으로 쓰이지 않았을까.

변치 않는 마음을 꿈꾸던 때가 있었다. 마음의 변덕으로 무언가를 이도 저도 아니게 만드는 것을 피하고 싶었다. 속절없이 식어버린 사랑, 매해 달라지든 하고 싶은 일, 너저분한 취미 생활의 잔재 같은 것들. 변덕으로 끝나버린 것들은 언제나 마음을 어지럽혀서, 내 마음이 조금은 묵직해지기를 바랐다.

시간이 흘러 마음이 한층 단단해졌을 때 길가에 피어난 한 무리의 수국을 보며 생각했다.

'변덕으로 끝나버렸지만, 진심을 가지고 시작한 것들이었는데'

수국이 어떤 변덕을 부려도 아름다운 것처럼, 변덕스러운 마음 안에 있는 진심은 꽃처럼 아름답지 않을까. 어쩌면 수국의 또 다른 꽃말이 진심인 건 그래서인지도 모른다.

봄비

촉촉이 비가 내려 마음까지 습해진 밤. 봄비는 애틋한 감정을 불러일으키곤 한다. 언젠가 봄을 운명이라 읽고, 비를 우연이라 읽은 적이 있었다. 봄은 때가 되면 찾아오고 비는 예고 없이 불쑥 찾아오곤 하니까. 비의 속성에 가까운 나는 봄의 속성을 가진 사람을 기다렸다. 그러니 그 둘이 만나는 봄비는 애틋할 수밖에 없는 것이다.

봄비가 그친 뒤 서늘해진 공기를 마시는 일은 항상 뭔가 슬펐다. 봄과 비가 헤어진다고 생각했던 것 같다. 그러나 봄비는 매번 쉽게 그쳤고, 그만큼 쉽게 그친 만남도 많았다. 하나의 인연을 보낼 때마다 나는 봄비가 내린 뒤와 같은 슬픔을 느끼곤 했다.

그런데 비가 언제까지고 내리기만 할 수 없는 것처럼 사람의 이별도 어쩌면 당연한 것이 아닐까. 봄비가 내리고 그치듯 사람도 만나고 헤어진다. 또다시 비는 내릴 것이고 그에 맞춰 새로운 인연도 만날 것이다. 그때는 봄비가 내렸던 날처럼 애틋함으로 인연을 만날 수 있다면 좋겠다.

나무의 사랑

두 그루 나무가 만나 꽃 피우는 모습이

꼭 사랑의 모습 같아서,

낙화하는 꽃잎을 잡고 싶었습니다.

유난히 다정하게 느껴졌던

타지 살이

지인 하나 없이 광주에 온 뒤 어느덧 일 년이 지났을 때였다. 예상은 했지만 고독한 날들이 많았다. 낯가림이 심하고 관심사가 좁기에 새로운 관계를 만들어나가는 것은 줄곧 어려운 과제였다. 스스로 관계의 벽을 높이 세우다 보니 다른 사람들도 쉽사리 다가오기 어렵게 만들어버린 것이다. 바라던 것은 아니었지만 고립되기를 자처한 꼴이 되었다.

그러면서도 외로움은 최대한 외면하며 지냈는데, 몸이 아픈 날에는 한없이 쓸쓸하고 외로워져 타지 살이의 서러움을 느끼곤 했다. 그때마다 애꿎은 광주를 탓하며 이곳을 삭막하고 무정한 도시로 단정 지었다.

그러던 어느 날, 관심사가 비슷한 광주사람을 알게 됐다. 광주는 조금 경직되어있는 것 같다는 나의 말에 그분께서는 말씀하셨다.

"광주가 보기에는 딱딱하고 무서울지 몰라도, 이곳 사람들은 어디보다 정이 많아요."

이렇게 말씀하신 뒤 멋쩍은 웃음을 지으셨지만, 나는 오히려 내가 이곳 사람들에 대해 무심했던 건 아닐까 하는 생각이 들었다. 그러고 보니 광주의 식당에서는 가격에 비해 많은 음식을 내어주고, 심지어 부족하면 더 내어주기도 하고, 연세가 있으신 분들과 이야기하다 보면 초면에도 '내 사람'이라는 호칭으로 불러주기도 했다.

한 번은 동네 골목에서 할머니 한 분에게 인사를 건넸는데 어르신께서 하신 말씀이 굉장히 인상적이었다.

"오야~ 좋은 하루야 내 사람"

생각해보면 정이 없는 것은 광주가 아니라 내 쪽인지도 모른다. 그들에 대해서 알려고 노력하지도 않고, 멋대로 단정 지어 놓고는 남의 탓만 한 것 같아 미안한 마음이 든다.

앞으로 이 도시에 얼마나 더 머물지는 모르겠다. 다만 바라는 것이 하나 있다면 이곳에서 조금 더 많은 인연을 편견 없이 엮는 것이다. 새로운 사람을 만나는 건 삶과 삶이 만나는 신기한 일이니까. 가능하다면 그 결들을 촘촘히 엮고 싶다.

노을이 짧아 보지 못한 순간이 많았고,
청춘이 짧아 보지 못한 꽃잎이 많았다.

하루일기

전철을 기다리는데 연세가 지긋한 할머니께서 이런저런 말씀을 건네신다. “이게 금정 가는 거 맞아?” “학생은 어디서 내려?” “나는 시대를 잘 타서 이런 것도 타보네” 최대한 친절히 미소를 지으며 대답을 하다 보니 전철이 들어온다.

맞은편에 자리를 잡으신 할머니께서는 옆에 앉은 학생에게도 똑같은 걸 물어본다. 조심스럽고 호기심 가득한 표정으로. 한동안 대화가 오가더니, 이내 화젯거리가 떨어졌는지 같은 표정으로 이곳저곳을 두리번거리신다. 내게는 지루하기만 한 1호선 풍경이 할머니에게는 생경한 풍경인 걸까. 나보다 세 배 이상의 인생을 살아온 사람에게 지금의 일상은, 어쩌면 그 자체로 생경한 것인지도 모르겠다.

전철에서 내려 목적지로 향하는 동안 할머니의 표정이 떠올라 혼자 큭큭댔다. 아마도 다시 보지 못할 표정. 겪지 않은 무언가를 이해하는 일이 쉽지 않음을 다시 한 번 생각해본다.

유난히 다정하게 느껴졌던

그곳

아침에 일어나 창문을 열어보니 향긋하게 느껴지는 바다냄새와 봄철인 듯 포근한 햇살이 들어온다. 모처럼 말갛게 갠 하늘. 맑은 날씨의 제주는 끝도 없이 평화롭다. 마음이 편할 때는 아무래도 상관없지만, 마음이 편치 않을 때는 이런 제주가 제법 이질적으로 느껴져 속절없이 쓸쓸해진다.

가만히 있다가는 쓸쓸함에 잠식될지도 모르는 일이니 어디든 가야겠다고 마음을 먹는다. 고심 끝에 정한 곳은 서쪽의 금능 해변. 마음껏 바다나 보고 책이나 읽을 요량으로 집을 나선다.

맑은 날에 해안도로를 이동할 때는 운전을 하는 것보다 차창의 정경을 구경하며 갈 수 있는 버스를 타는 것이 좋다. 이런 날엔 버스를 타는 것부터가 여행이고 설렘이다. 숙소에서 약간 떨어진 한적한 정류장에서 버스를 탄다. 인상 좋은 기사님께서 친절하게 인사를 건네신다. 맑은 날씨 탓인지 기사님의 표정이 공연히 밝아 보인다.

목적지가 어디냐로 시작한 말이 이내 길어져, 대화를 주고받다 보니 어느새 금능이다. 맑은 날의 금능 바다. 어딘가 쓸쓸함이 묻어나는 곳이라 홀로 제주에 올 때면 종종 찾는 단골 여행지다. 딱히 혼자 있다고 해서 외로움을 타는 편은 아니지만 그와 별개로 오늘처럼 속절없이 쓸쓸해질 때가 있는데, 그때마다 나는 이곳을 찾아왔다.

동류(同流)에서 기인하는 위안이 있다. 어떤 위로의 말로도 마음이 나아지지 않을 때, 같은 처지의 누군가가 자신의 상황을 이야기하는 것만으로 마음이 한결 가벼워질 때가 있다. 심적 거리가 아주 가까운 친구나 가족도 채우지 못한 무언가를 상대적으로 거리가 먼 타인이 채우는 것이다. 이처럼 나는 누군가가 동류라고 느껴질 때 위안을 얻곤 했는데, 바다로부터 느끼는 감정도 그랬다.

쓸쓸함과 쓸쓸함이 만나면 서로를 위로할 수 있다.

그렇게 실컷 바다를 구경한 뒤, 근처 카페 '그곶'에 갔다. 사람이 많든 적든 언제나 조용하고 담백한 카페. 노키즈 존도 아니고, 말하면 안 된다는 규정이 있는 것도 아닌데 신기하게 책장 넘기는 소리 외에는 사람이 만들어 내는 소리가 없다. 덕분에 아무런 방해 없이 책 한 권을 전부 읽을 수 있었다.

마감 시간인 여섯 시가 되어서야 카페에 나와 금능 정류장으로 향했다. 제주에서는 휴대폰 어플로 버스의 위치를 정확히 알아내기 어렵다. 실은 어플이 몇 번 틀리고부터는 아예 지워버렸지만, 영영 기약이 없는 것은 아니니 이렇게 기다리는 것도 나름의 낭만이 아닐까 생각한다. 이내 제주 시내로 향하는 버스가 온다. 멀리서 아침에 탔던 버스와 같은 번호가 보인다.

버스에 올랐더니 어딘가 낯익은 목소리가 나를 반긴다. 아아, 아침에 보았던 그 기사님이다. 이 무슨 우연일까 하며 놀란 얼굴을 하고 있는데, 기사님께서는 놀란 기색 하나 없이 특유의 다정한 말투로 말씀하신다.

"총각, 우리 인연이지?"

뭘까 이 충만함은. 오늘은 쓸쓸함을 못 이겨 금능까지 찾아갔건만, 생각지도 못한 곳에서 이토록 마음이 충만해지다니. 내색은 하지 않았지만 감격스러웠다. 생면부지 남이 감정을 메워 주는 순간은 종종 오나 보다.

언젠가 감정이 바닥나 도로 쓸쓸해지면 금능 가는 버스를 타려 한다. 다시 못 볼 사람이라도 그 순간 인연이라 한다면 그걸로 좋겠다.

사직동 그 가게

허겁지겁 카레를 먹고 나와 조금 전까지 머물렀던 가게를 바라보았다. 사직동 그 가게. 무심코 그 이름을 발음하는데 입속에 여운이 남는다. 언젠가 무슨 동 그 가게 있잖아 하며 나누었던 대화가 떠오른 탓일까.

어떤 단어들은 발음하는 것만으로 여운을 남기기도 하나 보다. 그 사람의 이름처럼.

그가게짜이집
18
사직동,

유난히 다정하게 느껴졌던

공백

일상생활을 하다 보면, 듣지 않아도 될 말을 지나칠 정도로 많이 듣게 된다. 문장에도 띄어쓰기라고 하여 쉬는 부분이 있는데 우리의 말에는 왜 쉴 틈이 없는 걸까. 간혹 의식적이든, 무의식적이든 다가오는 말들이 벅차게 들릴 때가 있다. 지인들과 함께한 자리의 웅성거림, 주말 오후 동네 카페를 가득 채우는 소리, SNS에 실시간으로 올라오는 수많은 소식들.

최근 몇 년 사이에는 각종 매체의 발달로 더 많은 말들이 무작위로 쏟아지는 상황이 되었다. 인구는 줄어든다고 난리인데, 말은 갈수록 많아지는 역설.

자신을 드러내는 것이 자연스러운 시대인 만큼 말들이 넘쳐나는 것은 자연스러운 것인지도 모른다. 하지만 가끔은 이런 말들을 감당하기 어려울 때가 있다. 그때마다 나는 비교적 조용한 밤을 기다리거나, 구석진 곳을 찾아 떠났다. 그중 한 곳이 바로 '공백'카페다. 이곳은 그 이름이 그러하듯 말이 채워지지 않은 비어있는 공간이다.

'공백'의 사장님은 손님들을 배려하며 조용히 책을 읽거나 커피를 내린다. 마찬가지로 손님들은 공간을 배려하며 오롯이 자신의 시간을 보낸다. 여느 시끄러운 카페와는 대조되는 모습. 삶이라는 문장에서 '띄어쓰기'가 필요할 때, 말이 아닌 공백을 남겨두어야 할 때, 나는 커피 향과 책 냄새가 뒤섞인 '공백'을 찾았다.

그곳에서 휴대폰은 가방 깊숙이 넣어두고 고요하게 깔리는 음악을 들으며 책을 읽거나 짧은 단상을 끄적였다. 그러다 긴장이 풀리면 그냥 멍하니 아무 생각도 하지 않은 채 멀뚱히 허공을 바라보곤 했다. 내게 쉰다는 건 아마도 이런 것 같다. 타인의 영향을 완전히 차단한 채 나에게만 집중하는 것. 어떻게 보면 자신만을 생각하는 이기적인 마음이 내게는 휴식인 것이다. 그 시간을 보내고 나면 한동안 바라는 것도 불만스러운 것도 사그라져 일상을 너그럽게 보낼 힘이 생겼다.

그곳 '공백'에서 나는 아무 말 없이 쉬었다 갈 수 있었다.

타이밍

언젠가 출근길 횡단보도 앞에서 꼭 타야 할 버스를 놓친 적이 있다. 지금 이 신호만 건너면 되는데, 조급한 마음을 외면이라도 하듯 버스는 빠른 속도로 멀어져 갔다.

조금만 더 뛰었다면 놓치지 않았을 버스처럼 조금만 빨랐다면 멀어지지 않았을 사람도 있다. 흔히들 그것을 '타이밍'이라고 한다. 그녀와 내가 같은 시간과 같은 장소에 있었기 때문에 만날 수 있었고 그 타이밍 때문에 멀어졌던 것처럼. 잘 맞으면 인연이 되고 그렇지 않으면 이별이 되기도 한다. 타이밍이란 그만큼 중요하고 어려운 것이다.

버스를 놓친 나는 정류장 의자에 앉아 이런 말을 중얼거렸다.

"먼 훗날 놓치지 말아야 할 사람이 있다면 그때는 어떻게든 뛰어서 그 타이밍을 잡아내야지."

그날 결국 직장에는 지각을 하고 말았지만, 놓쳐서는 안 될 사람을 떠올릴 수 있었으니 그리 나쁜 지각은 아니었다고 말해도 되지 않을까.

누군가와 함께했던 시간을
다른 것들로 채우는 과정을
우리는 이별이라 부르는 것일까.

산책

휴식을 위해 찾은 곳에서 제대로 쉬질 못할 때, 밖으로 나와 머물던 자리를 바라보는 순간 비로소 휴식이 시작되는 날이 있다.

몸은 가만히 있으나 정신이 바삐 움직여 쉼을 방해할 때면 목적지를 정하지 않고 우선 걸어본다. 무심코 들어선 골목길에서 느긋한 고양이를 만나거나 계절감이 생생히 전달되는 공기를 마시고, 거리에서 우연히 좋아하는 멜로디라도 듣게 되면 진짜로 쉬고 있다는 생각이 든다.

어딘가를 향해 빨리 걸을 필요도 없고 생각이 생각으로 이어지는 정신의 방에 스스로를 가둘 필요도 없다. 그저 천천히 걸으면 쉴 수 있다.

그러고 보니 철학자 칸트는 매일 오후 세시 반에 산책을 했다고 하던데, 그의 마음을 조금은 이해할 수 있을 것도 같다.

진심 몇 통

이사를 하며 집을 정리하다가 녹슬고 먼지 쌓인 필름 카메라 하나를 발견했다. 긴 세월을 지낸 오래된 필름 카메라. 건전지를 갈아 끼우고 보니 여전히 잘 작동하는 것이 신기했다.

그 오래된 물건을 가지고 한 장 한 장 일상을 기록하기 시작했다. 내 방의 너저분한 흔적들, 만나면 이야기가 끊이질 않는 친구들, 카메라 앞에서 항상 밝게 웃어 보이는 부모님. 이런 평범한 일상을 한 컷 한 컷 소중하게 담았다. 며칠이 지나자 금방 필름 한 롤이 다 채워졌고 근처 사진관에 현상을 맡겨보니 결과물이 기대 이상으로 만족스러웠다.

시간 앞에서 변하지 않는 건 없다지만 변함없이 잘 작동하는 카메라를 보니 꼭 그렇지만도 않은 것 같았다. 그 사진들에서는 무언가 따뜻함이 느껴졌다. 비록 디지털 사진보다 화질도 좋지 않고 초점이 맞지 않은 것도 있지만 오래된 물건으로 오래된 것을 기록하니 세월의 온기가 더 해지는 것 같았다. 그 어떤 사진보다도 마음에 들었다.

언젠가 내 마음도 녹슬고 먼지 쌓이는 날이 있을 것이다. 그러나 한 장 한 장 소중하게 눌러 담은 필름처럼, 꾹꾹 눌러 담은 진심 몇 통 만큼은 변하지 않았으면 좋겠다.

한쪽으로 쏟아지는 마음

길눈이 어두워 몰랐다. 낮에 왔던 곳을 밤에도 왔었다는 것을. 같은 구도로 같은 풍경을 담았다는 사실을 사진을 정리하다 알게 되었다. 좋아하는 것을 향해 쏟아지는 마음이란 게 이런 걸까. 당신을 향해 곧장 나아가든, 에둘러 돌아가든 결국에 닿는 곳이 당신이었던 것처럼. 사람의 마음이란 게 참으로 속절없음을 깨닫는다.

그러니 어찌할 수 없지 않은가. 한쪽으로 쏟아지는 마음에 온몸을 맡기는 수밖에. 침몰해도 좋으니 그 사랑에 온 마음을 다하고 싶다.

AIGNER
FURS
FACTORY
OUTLET
FACTORY
OUTLET

행복의 조각

지난밤, 사진첩을 넘겨보다 온통 행복했던 일들이 보여 마음이 아팠다. 그때는 그것이 행복인 줄 몰라 눈앞의 것을 붙잡으려 하지 않고 과거의 행복만을 바라보았다. 마치 '미드나잇 인 파리'의 길이 황금시대를 찾아 과거로 빨려 들어가듯이 나 역시 과거의 행복만을 쫓아다녔다.

행복했던 일들을 돌아보니 그다지 특별하지 않은 것들이 보인다. 그저 눈 내리는 밤 함께 걸을 사람이 있었던 일, 좋아하는 초밥집에서 서로 다른 초밥을 시켜 나누어 먹었던 일, 우연히 걷던 길에서 아카시아 꽃향기를 맡았던 일, 해 질 녘 카모강에 앉아 맥주를 마셨던 일 같은 것들. 조금도 특별하지 않은 일들이 특별하게 행복했던 건 왜일까. 어쩌면 행복은 커다란 것이 아니라 사소한 조각 같은 건지도 모른다. 그래서 작게만 보이는 그 조각들을 하나둘 외면할 때 뾰족한 부분에 마음이 찔려 지난밤의 나처럼 아픈 게 아닐까.

손 뻗으면 잡을 수 있는 것들을 외면하지 않아야겠다. 미래의 내가 지금을 돌아볼 때, 행복이 보여 아픈 게 아니라 행복에 겨워 따듯한 마음이 들길 바라기에.

여름의 소확행

꽃의 아름다움을 몰랐다면 지금의 여름이 조금은 덜 행복했을 것 같다. 길가에 피어있는 능소화 앞에서, 지독한 더위를 감수하고까지 멈추어 섰던 이유는 행복을 발견하기 위해서가 아니었을까.

때로는 순간의 감정이 계절 전부를 기억하기도 하니까.

영원한 노을

날씨가 좋아 옥상에 빨래를 널었다. 한여름의 제주는 반나절이면 당일의 빨래를 완전히 건조할 수 있다. 한창 빨래를 걷던 중 심상치 않은 기분이 들어 고개를 들어보니 새빨간 노을이 하늘에 번지고 있었다. 정말이지 아름다운 노을. 문득 사랑에도 색이 있다면 보고 있는 노을과 같은 색이 아닐까 하는 생각이 들었다.

그러나 감탄이 나올 정도로 아름답던 노을은 얼마 지나지 않아 온데간데없이 사라지고 아득하게도 까만 하늘만이 남았다. 별 하나 보이지 않는 시커먼 하늘. 별안간 쓸쓸한 기분이 들었고, 동시에 사랑과 노을이 퍽 닮았다고 생각했다.

마법을 부린 듯 하루하루가 과분할 정도로 아름다웠던 사랑은 행복할수록 빠르게 끝이 났다. 행복과 시간이 정확히 반비

례하는 것 같았다. 그렇게 누구보다 사랑했던 사람을 누구보다 빠르게 보내줘야 했다. 만약 그때 우리가 조금 덜 행복했더라면 그렇게 빠른 이별은 마주하지 않을 수 있었을까.

지금까지 나의 사랑은 이렇듯 노을과 닮아있었다. 주는 것이 행복해서 넘치듯 마음을 주다 보면 상대방은 자연스레 그것을 담아둘 공간을 넓혀두었다. 그때만큼은 누구보다도 아름다운 사랑을 했다. 그러나 마음이 점점 떨어져서 그 횟수를 조금씩 줄이다 보면 상대방의 마음 공간에 비는 곳이 보였다. 빈 곳이 커지면 다툼이 생겼고, 끝내 넓어진 공간을 메우지 못한 채 이별을 했다. 그때마다 낭만적인 사랑을 꿈꾸기에 마음을 아끼고 싶지 않았다고 변명을 했지만, 한편으로는 줄 수 있는 마음에 한계가 있지 않을까 하는 의구심도 들었다.

그럼에도 불구하고 계속해서 완급 조절이 없는 사랑을 한다. 누군가는 성급한 사랑이라 부를지 모르겠으나, 언젠가 행복과 시간이 비례를 이루는 사랑이 있을 거라고 기대한다.

사랑은 영원히 저물지 않는 노을 같은 게 아닌가.

내려놓지 못한 것

평소 카페는 쉬는 공간이라는 생각으로 찾는다. 밖에서 아무리 많은 사진을 찍더라도 내부에서는 카메라도 쉴 수 있게 내려놓고 메모장과 책을 꺼내어 독서를 하는 편이다. 그러나 취향을 무척이나 잘 반영한 공간에서는 나도 모르게 카메라를 잡게 되는데 그때마다 마음 한켠에 죄송스러운 마음이 든다.

나만을 위한 공간이 아닌, 타인과 함께 쓰는 공간에서 사진을 찍는답시고 타인의 휴식을 방해한 건 아닐까 하는 생각이 들기 때문이다. 순간을 잡아두는 것이 매력적인 취미지만 그것이 타인의 순간을 방해한다면 악취미가 아니고 무엇이겠는가. 남의 평화를 깨는 것에도 무감할 정도의 이기적인 사람이 되고 싶진 않았는데, 하나둘 타협하다 보니 점점 그런 사람이 되는 것 같아 부끄럽다.

가시적으로 내가 쥐고 있던 건 카메라였지만 실제로 내가 쥐고 있던 건 아마도 욕심이었을 것이다. 악취미가 아닌, 취미를 하기 위해서 본연의 것을 퇴색시키지 않기 위해서 가끔은 내려놓는 연습이 필요하지 않을까.

갈수록 쥐는 것보다 놓는 게 어려운 일이 많아진다. 이번 해에 나는 무엇을 내려놓을 수 있을까. 제법 무거운 것들이 많다.

등산

토요일 오후. 읽고 싶은 책을 챙겨서 전부터 가고 싶었던 서촌의 카페를 향한다. 언제 가도 정겨운 모습을 볼 수 있는 곳. 지하철에서 내려 길을 찾는데 골목들이 다 비슷비슷해 보여 한참을 헤맸다. 그런데 아무리 찾아봐도 카페가 어디인지를 모르겠다. 골목들이 다 비슷하게 보이는 데다가, 길치인 나는 그렇게 한참을 헤매다 인왕산까지 흘러들어가게 되었다.

기왕 여기까지 온 거 날씨도 좋은데 정상까지 가야겠다고 마음 먹는다. 그런데 예상보다 만만치 않은 등산길. 헉헉거리며 오르다 맞은편에서 오는 등산객 아저씨에게 정상이 어느 쪽인지 물었다.

"이 길로 쭉 가면 됩니다. 아, 올라가다가 오른쪽으로 약간 내려가는 길이 있으면, 의심치 말고 그대로 쭉 가면 됩니다."

이렇게 인생에도 확실한 방향을 알려주는 사람이 있으면 좋을 텐데. 마음이 헉헉거릴 때 누군가 의심치 말고 이 길로 쭉 가라고, 언질을 주면 없던 힘도 되살아날 것이다.

정상에 도착하자 힘이 풀려 바닥에 주저앉았다. 멍하니 서울의 야경을 바라보니 작고 반짝이는 게 꼭 보석 같다고 생각했다. 수많은 인생이 저마다의 빛을 내며 공존하는 도시. 이곳에서 나는 어디쯤 걷고 있을까. 아저씨의 말대로 이대로 쭉 의심치 말고 걸으면 되는 걸까.

내 안의 가식

가식이 없는 모든 것들을 사랑한다. 억지로 꾸며내거나 인위적으로 만들어지지 않은 것들. 예컨대 아이의 꾸밈없는 미소라든가, 해 질 녘 부서지는 주황 같은 것들. 그런 걸 보고 있으면 경직된 몸에 힘이 풀리고 덩달아 마음도 편안해진다. 이런 말 뻔할 수도 있겠지만, 그래서 여행을 간다.

내 안의 가식을 조금이라도 덜어내기 위해서.

가을이 왔다는데

나날이 무르익고 깊어지는 가을이 왔다는데, 알록달록 다채로운 꽃들의 향연이 아름답다는데, 어쩐지 나는 추락하는 낙엽의 모습만이 떠오른다. 그러고 보면 가을은 타는 것이 아니라 앓는 것인지도 모르겠다.

다가오는 가을에는 마음에 얼마의 낙엽이 쌓일는지. 감당하지 못할 만큼 쌓여도 좋으니, 느긋하게만 머물다 가기를.

낙엽

낙화한다는 말은 있는데 왜 낙엽 한다는 말은 없을까. 추락하는 잎은 꽃보다 중요하지 않기라도 한 걸까. 꽃의 아름다움에 대해 모르는 것은 아니지만, 한 시절 함께한 잎의 아름다움 또한 알고 있다.

내게 한 해는 잎이 피었을 때 시작되어 그것이 말라 떨어지는 지금 끝나는 듯하다. 다음 잎이 피기 전까지의 시간은 일종의 여분 같다. 그래서 매년 가을의 끝자락을 붙잡고 천천히 가라며 계절을 유예했는지도 모르겠다.

계절은 우리를 어딘가로 데려다놓는다.

Spotless Mind

미루고 미루던 필름 스캔을 위해 을지로에 왔다. 주말이라 번잡할 거라는 예상과는 달리 거리에서 사람을 찾아보기가 힘들었다. '힙지로'라는 위상은 평일에만 유효한 걸까. 그 많던 사람들은 어디로 갔을까.

스캔을 마치고 좋아하는 카페에 앉아 수첩을 펼친다. 어느덧 2월 2일. 한 살 더 먹었다며 섭섭해 하던 게 엊그제 같은데 벌써 한 달이 지났다. 점점 빨라지는 시간의 가속도를 받아들이기가 버겁다는 생각이 든다. 하루하루 무언가를 이뤄내야 한다는 부담감과 세상에 나의 가치를 증명해야 한다는 강박감이 커진다. 덕분에 초조함은 덤으로 안고 있다.

아득한 생각에서 벗어나 고개를 들어보니 세상은 벌써 캄캄한 밤이 되었다. 카페의 손님들이 하나둘 빠지고, 몇 안 되는 거리의 사람들도 집으로 돌아가는 듯 보인다. 일요일 밤은 제자리로 돌아가는 시간. 모두들 각자의 자리에서 일상의 안정을 누릴 것이다. 내일이면 을지로의 번잡한 일상도 다시금 돌아오겠지.

어느덧 조용해진 카페에서는 나지막한 멜로디가 들린다. 이터널 선샤인의 OST인 'Spotless Mind'. 영화의 결말에서 두 주인공도 서로가 제자리인 양 재회하던데…

티끌 많은 나의 마음도 그만 제자리로 돌아가기를.

마지막 손님

마감 시간 직전까지 카페에 남아있으면 술에 취했을 때와 비슷한 감흥에 젖는다. 정신이 흐릿해져 주변의 노랫말 하나하나에 반응하게 되고, 괜스레 옛 생각 같은 걸 꺼내어 쓸쓸함에 잠식당하고 싶어진다.

옛 생각은 그게 좋은 기억이든 나쁜 기억이든 항상 쓸쓸해진다는 것이 신기하다. 아마도 이미 건너온 시간, 지금의 내가 어떻게 해도 되돌아갈 수 없는 시간이기 때문에 그런 것이겠지. 어찌할 수 없는 일 앞에서 사람은 초연해지고 이내 쓸쓸해지곤 한다.

어느덧 마감 정리로 직원들의 움직임이 분주해졌다. 어쩐지 눈치 아닌 눈치가 보여 남은 커피를 단번에 먹어 치운다. 이제 나의 하루도 마감해야 할 시간. 다만 집으로 돌아가는 길은 시시한 근심들이 또다시 나를 쓸쓸하게 만들 것이다. 어쩌면 삶은 쓸쓸한 시간과 그렇지 않은 시간의 반복으로 이루어지는 건지도 모른다.

영천
시장
05
추나요법
건강보험 적용
광화문 자생 한방병원
서울 75
사3019

과속 방지턱

세상의 빠른 속도에 내 사진이 과속 방지턱 같은 역할을 할 수 있다면 좋을 것 같다. 우리가 무심코 지나치는 것을 한 번쯤 돌아볼 수 있게 한다면, 외면받는 무언가에 몇 개의 시선이라도 머물렀다 갈 수 있게 한다면, 그것이 하나의 메타포가 되어 누군가에게 선한 영향력을 끼칠 수 있다면.

이렇다 할 깊은 사유는 아니지만, 그렇게 되면 내 사진도 조금은 힘을 가질 수 있지 않을까.

코끝에 스치는 바람은

비워내기에 이토록 좋은 계절이 있을까. 나무는 새로운 시작을 준비하려는 듯 떨어지는 잎을 잡으려 하지 않고, 쉽게도 부서지는 낙엽은 미련 따위에는 관심이 없는 듯 바스락거린다.

보내야 할 사람도 비워내야 할 마음도 없는데, 코끝에 스치는 바람은 한해를 자꾸만 데려가려 한다.

53-6
1024

산책하기 좋은 곳

내가 생각했을 때 산책하기 좋은 곳 세 군데를 꼽자면 정동길, 서촌, 행궁동이 있다. 사실 산책이라고 하면 탁 트인 공원이나 나무가 우거진 숲길 같은 곳을 떠올리기 마련인데, 나는 사람들이 생활하는 좁은 골목길이 떠오른다.

누군가의 일상 속 풍경. 일상에서만 느낄 수 있는, 그 필연적인 정감을 느끼기 위해 그곳을 찾는다. 굳이 겨울이 아니라도 차가운 도시에서 정감을 느낄 곳은 별로 없지 않은가.

내가 언급한 세 군데는 전원적인 정서를 품고 있어 얼마간 걷다 보면 도회지를 떠나 잠시 여행 온 것 같은 착각까지도 할 수 있다. 자주 착각하고 싶고 정감을 느끼고 싶어 자주 찾는다.

도시에서는 느끼기 어려운 감정들. 유년 시절을 시골에서 보냈기에 그런 골목길들이 그리울 때가 많다. 그러니까 내게 산

책은 유년으로 되돌아가는 여정이기도 하다. 나쁜 기억은 하나도 남지 않은, 순수했던 그 시절.

감정을 따라 걷다 보면 어느덧 마음이 유년에 닿아있었다.

다정한 선물

스쳐 가는 풍경 곳곳에 다정함이 쌓여 있었다. 누군가 선물로 남겨둔 것 같은 순간들. 그것을 발견하는 기쁨은 한겨울의 추위도 발목의 뻐근함도 잊게 한다.

걷는 이유가 있을 수도 있고 없을 수도 있는 불확실한 다정함을 발견하기 위한 것이라면 이상한 걸까. 그 다정한 우연에 기대어 걷는 걸음을 때로는 산책이라 불렀고, 때로는 여행, 그리고 사랑이라 부르기도 했다. 결국 모든 걸음이 우연에 닿기 위한 것이었으니 설렘과 불안은 마땅히 짊어져야 할 짐이었는지도 모른다.

우연에 기대어 걸어온 길의 이름은 아마도 청춘이었을 것이다. 가볍지만은 않은 짐을 짊어지고 걸었던 수많은 산책들, 여행들, 사랑들. 앞으로 나는 청춘이라는 길 위에서 또 어떤 이름의 걸음을 걷게 될까. 멈추지 않고 걷다 보면 언젠가 다정한 우연에 다시 한 번 닿을 수 있으리라 믿는다.

그때가 되면 나를 힘들게 한 많은 것들을 다시금 잊겠지.

길고양이

행복의 상태를 한 단어로 정의할 때 항상 떠올리는 유유자적(悠悠自適)이란 말은 사람보다는 길고양이에게 어울린다. 내심 부러우면서 외심 부럽지 않은 척했다.

우리가 마주하는 모든 것은 과거로부터 온 것이며,
우리가 마주할 모든 것은 현재로부터 만들어진다.

2장. 모든 순간이 온전히 나였으면

돌고 돌아 멈춘 곳이 결국 제자리라고 한들,
숱한 밤들을 탓하겠는가.

마지막 바람

뇌 손상 환자의 시간은 역행한다. 정확히 말하면 몸과 마음의 시간이 달리 흐르는 것이다. 그 간극이 점점 벌어지다 보면, 어느 순간 그들을 다시 볼 수 없었다. 마침내 시간의 흐름에서 완전히 비껴간 것이다. 그때마다 나는 웃지도 울지도 못하고 그저 침묵하며 해야 할 일을 했다.

우리는 그들을 퇴행성 뇌 질환 환자라고 부른다. '퇴행'이라는 의미 그대로 그들은 계속해서 뒤로 물러나다가 끝내 병세가 호전되지 못한 채 명을 다한다. 그런 그들에게 치료사인 내가 할 수 있는 건 단지 뒷걸음질 치는 시간을 조금 늦춰주는 것뿐이었다.

돌려놓을 수 없는 시간의 방향. 그 속절없음에 나는 나날이 무기력해졌다.

그러던 어느 날, 환자 중에서 유난히 표정이 밝던 어머님의 치료를 담당하게 되었다. 그녀는 우측 편마비 환자로 상하지의 기능이 건측의 삼 분의 일이 채 되지 않았다. 신체적 한계에도 불구하고 그녀는 늘상 적극적으로 운동하며 회복에 대한 열의를 보였고, 나는 여느 환자에게서는 볼 수 없었던 묵직한 간절함을 보았다.

그런 감정은 어디에서 비롯된 걸까.

그녀는 집 앞 공원에서 남편과 산책하며 여생을 보내는 것이 생의 마지막 바람이라고 했다. 내게는 한없이 작게만 느껴지는 바람이, 묵직한 간절함의 근원이었던 것이다. 그 사실이 적잖이 충격이었다. 비록 몸은 병들었지만 마음만큼은 누구보다도 온전했던 것이다.

석 달의 병원 생활이 지난 뒤, 그녀는 처음에 보였던 밝은 표정으로 병원을 떠났다. 기적 같은 변화는 없었지만 보조기구에 의존하며 어느 정도의 일상생활이 가능했던 것이다. 생의 마지막 바람을 이루기 위해 떠나는 사람의 뒷모습은 강인했고 아름다웠다.

종종 몸이 따라주지 못해서, 혹은 마음이 없어서, 접어두는 일이 있다. 그러나 묵직한 바람은 몸을 움직이게 하고, 이따금 시간의 흐름을 돌려놓기도 한다. 때로 "이건 안 되겠다, 못하겠어."같은 비관적인 마음이 커질 때면, 오른쪽 팔다리를 쉽게 움직이지 못했던 어머님을 생각한다.

그녀의 밝은 표정과 작은 바람.

그것은 뒷걸음질 치는 나를 다시금 돌아서게 한다.

미련에 깃든 감정

어떤 영화에서 한 번 마음에 담은 것은 실체가 사라진다 해도 마음 한쪽에 그것이 남는다고 했던 말이 생각난다. 삶의 상당 부분이 미련으로 채워진 나는 이 문장을 무척이나 좋아했다.

끔찍한 일도, 행복한 일도, 구태여 기억하고 싶지 않은 아픈 일까지도 미련이 되도록 남겨둔다. 빛이 있으면 그림자가 있고, 소유가 있으면 상실이 있다는 것을 알기 때문일까. 미련이 깃든 감정을 고스란히 마주하길 좋아한다.

어쩌면 미련과 같은 우울한 감정이 자주 찾아오는 것은 나의 정체성이 그것에 있기 때문일지도 모른다. 그것을 알기에 나는 우울을 피하려고 하기보다는 즐기려고 노력한다. 폭우가 내리는 날에 되레 비를 맞으러 가는 사람처럼.

비 냄새를 맡고 특유의 정서를 느끼며 일상에서는 할 수 없었던 새로운 생각을 하듯, 때로는 우울한 감정에 깊숙이 빠져 그것이 주는 산물을 누리곤 한다. 대체로 우울은 빠르게 흐르는 일상의 속도를 한 템포 늦추어 준 뒤, 스스로를 연민하고 성찰할 수 있게 한다. 가끔은 짙고 어두운 우울을 만나 연민의 늪에서 헤어 나오기 어려울 때도 있지만, 일상의 균형을 위해서 적당한 우울은 반드시 필요하다.

그러니 내게 우울은 암울하거나 절망적이라는 것이 아니라, 가벼운 소나기가 내리듯 고요히 존재한다는 것이다.

고급진 취향

〈쾌락독서〉라는 책을 읽다가 흥미로운 산문 한 편을 만났다.

언제부터 하루키를 좋아하는 작가로 꼽는 것은 좀 모양 빠지는 일이 된 분위기다. '개나 소나'좋아하는 작가라서 나의 '고급진 취향'을 드러내기에는 부적절하기에 반대로 '나는 별로'노선을 취하는 게 유행이 된 것 같다고, 다만 예전에는 좋아했으면서 이제 와서 아닌 척하는 것은 좀 비겁한 것 같다고 작가는 이야기한다.

공감 가는 내용이었다. 언젠가 본심과는 달리 대중적이지 않은 작가가 좋다고 이야기한 것이 생각나 찔렸고, '고급진 취향'으로 보이고자 포장하는 사람이 생각나 웃었다.

알게 모르게 대중적으로 많은 관심을 받는 무언가는 저급하게 보는 것 같다. 근래에는 '감성'이라는 것이 그것과 맥락을 같이 하는 분위기인데, '감성 사진' '감성 음악' '감성 시인' 심지어 '감성 타코'까지. 사람들도 그것을 아는지 아무 데나 '감성'을 붙여 쓴다. 그러다 보니 저급한 결과물이 많아지는 것은 어쩔 수 없지만, 그 본질까지 저급하게 봐서는 안 될 것이다.

외부 세계의 자극을 느끼는 성질을 감성이라고 한다면, 살면서 느끼는 수많은 감정이나 감각, 생각에 쉽게 반응하게 하는 결과물을 어떻게 저급하다고 할 수 있을까. 오히려 그 반대가 아닐까. 어쩌면 그들은 본질이 무엇인지에 대해서 생각하지도 않고 그저 '감성'의 현재 위상만으로 냉소를 흘리는 건지도 모르겠다.

내 취향의 급이 어떤지는 모르겠지만, 나는 하루키도 좋고, 본질을 온전히 반영한 창작물들도 좋다. 고급진 취향을 가진 사람보다는 나다운 사람이 되고 싶다는 것이 나의 바람 중 하나다.

심리 검사를 하면 감성 영역이 항상 최고치를 찍는 사람이 나다. 그래서 이런 이야기를 하는 것은 아니라고 애써 변명해 본다.

ADT
ADT

매력적인 것

멋있는 글이 아니라 맛있는 글을 쓰고 싶다. 기교나 수사 혹은 감성이 뚝뚝 묻어나는 글이 아니라, 엄마가 해준 밥처럼 소소하지만 맛있는 글. 멋 부릴수록 되려 멋이 없어진다는 것은 학창 시절의 경험을 통해 이미 알고 있다.

수학여행 전날, 내가 가진 옷 중에서 가장 멋있는 옷을 골라 입고 거울 앞에서 자아도취에 빠져있을 때 동생은 평소보다 구리다는 말로 내 환상을 깨트리지 않았나. 글도 마찬가지다. 다른 사람들은 어떨지 모르겠으나 나는 멋을 부리면 부릴수록 멋이 나지 않는다. 그러니 멋에 대한 욕심은 진즉에 포기한 것이다. 다만 멋이 없어도 매력적인 사람이 있는 것처럼 멋이 없어도 매력적인 글을 쓰고 싶다. 그것을 맛있는 글이라고 불러도 된다면.

그러니 이 소소한 글도 누군가에게 정감 있고 맛있게 읽히길 바란다.

좋아하는 사진

어떤 사진을 좋아하냐는 물음을 받을 때면 퍽 난감한 기분이 든다. 더러는 풍경이나 인물, 사물과 같은 선택지를 제시하는 경우도 있는데, 이 경우에는 기대하는 대답이 어느 범주인지 짐작이 가기 때문에 '풍경'정도로 대답하고 말 때가 많다. 이런 질문이 싫은 것은 아니지만, 무언가를 좋아함에는 벽을 세우지 말아야 한다고 생각한다. 비단 사진에 한정된 이야기만이 아니라.

조금 더 깊이 생각해보았을 때 내가 좋아하는 사진은 명사보다는 형용사에 가까웠던 것 같다. 따뜻한, 예쁜, 멋진, 노란 같은 형용사들이 있지만, 그중 가장 좋아하는 말은 '다정한'이다. 실은 내가 다정(多情)보다는 다감(多感)에 가까운 사람이라, 내게 없는 다정함을 사진에서 채우려는 것인지도 모른다.

아무튼 다정한 사진, 다정한 시선, 다정한 순간들을 좋아한다.

그러니 다정하지 못한 나라도 사진을 찍는 순간만큼은 다정하다 할 수 있겠다. 어쩌면 무언가를 담을 때마다 충만함을 느꼈던 이유는 '다정다감'이라는 단어가 채워지듯 마음에도 무언의 단어가 채워졌기 때문이 아닐까.

이야기를 담는 것

찰나를 멋지게 담는 것보다 우선시하는 건 이야기를 담는 것이다. 멋진 사진을 담는 것에 매력을 느끼지 못하는 것은 아니지만, 그보다 매력적인 것은 늘상 이야기였다. 길을 나서야만 알 수 있는 감정과 경험들을 한 장에 녹여내는 것. 그것이야말로 카메라를 드는 이유가 아닐까.

아직도 미처 듣지 못해, 혹은 들리지 않아 놓치는 이야기가 많을 것이다. 쉽게 감응하는 사람이 되어 더 많은 이야기를 느끼고 조금 더 세련된 메타포로 사진을 하는 사람이 되고 싶다.

NOBLUCE
552

취향

화려한 사진을 찍어보라는 친구의 말에 일말의 동요도 하지 않았다. 예전 같았으면 조금은 흔들릴 수도 있었겠지만, 이번엔 고마운 마음이 먼저 들었다. 타인의 말에 흔들리지 않는 내 모습이 보였기 때문이다.

중심이 내가 아닐 때는 사진까지도 트렌드에 맞춰보려 애를 썼다. 유행하는 필름 색감을 따라하기도 해보고, 인기 많은 사진을 따라서 찍어보기도 했다. 그놈에 유행이 뭐라고. 그것을 따라가지 못하면 스스로가 후져진 것 같아 기분이 좋지 않았다. 그러나 좋아하는 작가나 시인들의 창작물에는 그들의 색깔이 확연히 드러났고, 내가 그들을 좋아하는 이유가 그것에 있음을 알았다. 그때부터 사진을 위한 사진이 아닌 내 시선을 위한 사진. 즉, 나를 위한 사진을 하기로 했다.

나다운 것이 무엇인가에 대한 답은 어렵지 않았다. 그간 살아오면서 내 시선을 오래 잡아두었던 것들. 예컨대 골목 담벼락에 피어있는 능소화라든가, 길모퉁이에 멍하니 서 있는 자전거, 주황의 석양을 바라보는 연인의 뒷모습 같은 것들. 그런 시선이 하나둘 모여 나의 취향이 되었고 그런 취향이 하나둘 모여 나의 일부가 되었다.

그때마다 느꼈던 정서들은 일상의 정서로 스며들어 의식하지 못한 사이에 생경한 감정을 느끼게 했다. 하나의 색으로만 보였던 하루가 나다운 색으로 칠해져 보통의 날들이 조금은 소중해진 것이다.

요즘의 나는 사진을 찍을 때 이런 생각을 한다. 비록 내가 담기진 않지만 이건 나를 찍는 거라고. 내 존재의 일부가 한 장에 옮겨지는 거라고 힘주어 이야기한다. 덕분에 사진을 찍는 시간이 나를 알아가는 시간이 되고, 그 시간 동안 나의 세계가 조금 더 확장되는 경험을 한다.

BALI

오늘의 표정

'추위의 계절이라고 쓴 것을 멋대로 추억의 계절이라고 읽어버렸다.'

수첩을 펼쳐 보니 이런 문장이 적혀 있다. 이 문장을 썼던 과거의 나는 어떤 추억을 그렸기에 이 짧은 문장을 오독했을까. 추억 속의 내 표정은 따뜻했을까. 그것을 읽고 있는 지금, 두 시절의 표정을 모두 더듬어보고 있다.

그리고 문득 드는 생각. 미래의 나를 위해 오늘의 표정은 기록해두어야겠다. 숱한 지금이 모여 미래의 내가 있을 것이다. 오늘의 표정은 내일의 표정으로 전달될 것이고, 내일의 표정은 또 다음날로. 미래에는 조금 더 따뜻한 내가 있길 바란다. 그렇기에 오늘의 기록은 당신에 대한 것이 좋겠다.

닫지 못하는 귀

우리가 보고 싶지 않은 게 있으면 눈을 감으면 그만이고, 하고 싶지 않은 말이 있으면 입을 닫으면 그만이다. 하지만 귀는 항상 열려 있어서 듣고 싶지 않은 말도 들어야 할 때가 있다.

다가오는 모든 말들이 듣기 좋은 단말뿐이라면 좋겠지만, 삶은 그렇게 달콤하지 않으며 그런 말에는 진정성이 부족할 때가 많다. 그런 세상은 아마 SNS에서나 존재할 것이다. 그럼에도 신이 사람에게 닫을 수 없는 귀를 준 데에는 나름의 이유가 있다고 생각한다. 그중 하나는 듣기 좋은 말만 들을 게 아니라, 정곡을 찌르는 쓴 소리도 듣길 바란 데에 있지 않을까.

허울뿐인 달콤한 말보다 진정성 있는 쓴소리에 귀를 기울이려 한다. 듣고 있을 때는 뼈 맞은 듯 시리게 아프지만 돌아서면 말에 묻어있는 진심들이 보인다. 그저 순간의 기분을 위한 것이 아닌, 누군가를 진정으로 아끼는 마음에서 우러나온 말들.

진실로 고마워해야 할 말은 이런 게 아닐까.

전달 받은 취향

아빠는 비틀즈를 좋아하고, 엄마는 유재하를 좋아한다. 나는 그 둘을 좋아하고 비틀즈와 유재하도 좋아한다. 가끔은 나의 취향이란 게 사실은 부모님에게 물려받은 것이 아닐까 하는 생각을 한다.

학창 시절부터 또래 친구들은 걸그룹이나 힙합을 좋아하는데 반해 나는 그것을 즐겨듣지 못했다. '않았다'가 아니라 '못했다'라고 이야기하는 것은 내가 그것을 즐겨듣기 위해 노력한 적이 많았기 때문이다.

한번은 힙스터를 꿈꾸며 평소에 듣던 플레이리스트를 다 지우고 그 자리를 힙합으로만 채웠던 기억이 있다. 그때는 노래방에서도 랩을 부르곤 했는데, 지금 생각해보면 그 모습이 참으로 우스웠던 것 같다. 내 랩을 들었던 한 친구가 말하길 꼭 주술을 외는 것 같다고 했다. (그때 불렀던 곡은 사실 많이 연습했던 것이었는데….) 아무리 연습해도 늘지 않았던 걸 보면 애초에 어울리지 않는 옷을 억지로 입고 있었던 건지도 모르겠다.

그때 이후로 나는 좋아하는 노래만 듣기로 했다. 그런데 가끔은 이런 취향을 촌스럽다고 이야기하는 사람들이 있다.

그러나 어울리지 않는 옷을 입는 것보다는 촌스러운 옷을 입는 쪽이 더 낫지 않을까. 그리고 나는 촌스러움이라는 단어가 그다지 나쁘지 않게 들린다. 어딘가 정이 넘치고 따뜻한 느낌이 들어서. 누군가 내 취향이 촌스럽다고 할 때면, 의도가 무엇인지는 생각하지 않고 멋대로 내가 '정이 넘치고 따뜻하구나' 하며 의미를 바꿔서 듣곤 했다.

학창 시절부터 기타를 쳤다는 아빠와 그것을 즐겨들었다는 엄마. 내가 촌스러운 아들이라 그들과 함께 좋아하는 음악을 즐길 수 있어 다행이다. 그래서 이런 취향이, 나는 무척이나 마음에 든다.

엄마의 명절

엄마의 명절은 분주하다. 우리 집은 언제부턴가 명절에 제사를 지내지 않기로 했는데도, 엄마는 명절만 되면 꿋꿋이 많은 음식을 준비하려 한다. 이번에는 하지 말자고 만류해도 소용이 없어 음식을 도와주겠다고 했다.

아침 일찍 일어나 분주한 엄마를 따라 각종 전을 부쳤다. 태우기도 하고 먹기도 하며 한 시간쯤 지났을 때, 음식이 얼마나 쌓였나 보았는데 생각보다 양이 적었다. 당황스러운 마음에 엄마에게 나 안 놀고 한참 했는데 이거밖에 안 된다고 하자 엄마는 말했다.

"집안일은 많이 해도 티가 안 나 중규야"

한집에서 살고 있지 않은 엄마에게 이따금 전화를 걸면, 그때마다 뭐가 바쁜지 말도 하지 않으면서 빨리 끊으라고 했었다. 난 그게 내심 서운했는데 오늘의 말을 듣자 왜 그랬는지가 조금은 이해가 됐다.

그러고 보니 배고프다고 말만 할 줄 알았지 제대로 된 음식 한 번 차려준 적이 없었다. 헬스장에 가라고 권유할 줄만 알았지 정작 왜 바빠서 갈 수 없었는지에 대해서 생각해본 적이 없었다.

혼자 짊어지기에 너무 큰 짐을 그동안 보지 못했던 게 아닐까. 그 짐에는 나를 비롯한 가족들이 들어있었을 텐데. 생각이 여기까지 미치자 지금이라도 엄마의 옆으로 내려와 짊어진 무게를 나눠 들어야겠다는 마음이 커졌다. 서툴겠지만, 그걸로 당신의 일상에 숨 쉴 곳이 하나라도 더 생긴다면 만족할 것이다.

미안한 마음과 감사한 마음이 공존하는 명절이다.

엄마가 자주 웃었으면 좋겠다.

삶의 방향

다른 건 몰라도 감정만큼은 솔직해지고 싶습니다. 행복이든 슬픔이든 무엇이든 간에 내 속에서 꿈틀거리는 그것을 외면하고 싶지 않습니다. 간혹 감정에 어긋난 행동을 취할 때면 비단 자조적인 말들을 내뱉으며 스스로를 빈정거리곤 합니다. 자신에게조차 진실하지 못한 인간은 살아도 산 것이라 느껴지지 않기 때문입니다.

언젠가 고된 하루를 마치고 집으로 돌아가는 길에 내 감정과는 다른 행동으로 하루를 보냈다는 것에 부끄러움을 느꼈던 적이 있습니다. 좋아하지도 않는 사람을 존경한다 말하고, 관심도 없었던 것을 전부터 좋아했다고 이야기한 하루. 내가 나인 것 같지 않아 거리감이 느껴졌고 이런 행위야말로 스스로를 갉아먹는 것이라는 생각이 들었습니다.

모두에게 존중받는 것도 좋지만, 그보다 중요한 건 나에게 존중받는 것이라고 생각합니다. 그저 상황을 좋게 넘기기 위해 내 감정을 하나둘 속이다 보면 언젠가 내가 나로서 존재하기 어렵게 되는 상황이 올지도 모른다는 위기감을 느꼈습니다.

그날 저는 상황을 위한다는 멍청한 합리화는 그만두고 정직이라는 감정만큼은 지켜야겠다고 다짐했습니다. 이런 마음가짐은 제 삶의 단편에 불과하지만 방향에 있어서는 전부일지도 모르겠습니다.

차등 아닌 차이

같은 세상에서 만난 우리라도 서로의 시간은 다르게 흐를 수 있다. 일찍 물드는 사람이 있는가 하면, 더디게 물드는 사람도 있다. 그건 차이이지 차등이 아니다. 은행나무 한 그루가 조금 일찍 물들었다고 해서 우수하다고 생각하는 사람이 없는 것처럼 사람도 별반 다르지 않을 것이다. 다 각자의 때가 있는 게 아닐까.

나는 누군가를 밟고 빛나는 사람이 되기보단, 스스로 빛낼 줄 아는 사람이 되고 싶다. 나의 때를 온전히 받아들이며.

두루마리 휴지

어떤 책에서 시간은 두루마리 휴지와 같다고 했던 표현이 생각난다. 처음에는 이걸 언제 다 쓰나 싶다가도, 생각 없이 쓰다 보면 금방 줄어드는 것이 꼭 시간 같다고. 한 해가 얼마 남지 않은 시점이라 그런지 이 표현이 절절히 와 닿는다.

근데 그 시간이라는 게 누구에게나 공평하긴 한 걸까. 누가 쓰다가 넘겨준 것도 아닌데 내 시간은 왜 이렇게 빨리 줄어드는 것 같은지. 난 휴지는 아껴 쓰는 편인 것 같지만 시간은 그렇게 하지 못하는 것 같다.

심야에 피어난 말은
침묵을 양분으로 하여
새벽에 꽃을 피우고

즐거운 일상을 보냈음에도 쉽사리 잠들지 못하는 이유는 하루 끝에 스스로를 돌아볼 시간이 부족하기 때문이다. 침묵 속에서 자문하고 답한다. 가까운 사람에게 부끄러운 행동을 하진 않았는지, 사랑하는 사람에게 충분히 다정했는지.

심야에 피어난 말은 침묵을 양분으로 하여 새벽에 꽃을 피우기도 한다. 지나간 하루는 바꿀 수 없지만 그것을 아무렇게나 방치하고 싶진 않다.

되새겨 기억함이 내일의 자양이 되리라 믿는다.

나의 몫인 후회

내가 놓쳐버린 것. 혹은 놓아버린 것 중에 먼 훗날 두고두고 후회할 무언가가 있다면 어떨까. 아득한 생각이지만, 필경 누군가를 탓하진 않을까. 후회가 나를 좀먹는 모습을 떨쳐내고자 나의 몫인 그것을 누군가의 탓으로 돌린다면 그건 후회보다 더 초라한 모습이 아닐까.

고등학교 3학년 때의 일이다. 대학 진학을 앞두었을 때 엄마는 가정 형편에 맞게 안정적인 일을 할 수 있는 전공을 택할 것을 권했다. 당시에 나는 하고 싶은 공부가 있었지만, 그 열의가 대단한 것은 아니라 현실과 적당히 타협하는 쪽을 택했다.

그렇게 선택한 대학을 졸업하고 직장까지 얻으며 예상에 없는 일을 겪을 때마다 스스로 감당하기보다는 엄마를 탓하곤 했다. 내 인생의 불만족을 주체적으로 해결하는 것이 아니라, 타자에게 돌림으로써 손쉽게 해결하려고 한 것이다. 결국은 내가 한 선택임에도 불구하고 나는 일말의 책임감도 느끼지 않았다.

그러던 하루, 직장에서 힘든 일을 겪고 엄마에게 하소연하던 중이었다. 요즘은 웃을 일이 별로 없다는 말에 엄마는 내가 언제나 행복하길 바란다고, 너를 행복하게 하는 일을 하고 사람을 만나라고 했다. 그걸 위해 날마다 기도한다고 덧붙이면서. 평생 종교 한 번 가진 적 없는 당신이 그런 말을 했을 때 둑이라도 무너진 듯 후회가 범람해 밀려들어 왔다. 남 탓하기 급급했던 초라한 모습을 정면으로 마주하게 된 것이다.

그날 밤. 처음으로 자아에 대해서 진지하게 고민했다. 그리고 나는 선택했다. 후회하더라도 내가 하고 싶은 일을 해보기로. 지금도 일이 잘 풀리지 않을 때면 내가 아닌 타자를 탓하는 손쉬운 해결방법에 유혹을 받을 때가 있다. 그때마다 엄마의 말을 생각하며 마음을 다잡아본다.

나를 위해, 어쩌면 당신을 위해. 조금 돌아가더라도 내 갈 길을 가야 한다.

젊음의 대가

요즘은 무엇 하나 확실한 것 없고 불확실한 것 투성이라 '만약'을 자주 가정하게 된다. 만약 그 시절에 다른 선택을 했다면 어땠을까? 혹은 만약 앞으로 이런 선택을 한다면 어떻게 될까?

과거와 미래 앞에 세워둔 '만약'은 후회와 기대를 알게 한다.

후회와 기대로 점철된 젊은 나날. 위태로운 듯 두근거린다. 혹 이것이 젊음의 대가라면 나는 기꺼이 평생을 지불하며 살아가고 싶다.

떳떳함

물에 비친 모습이 너무 솔직해서 스스로가 부끄러울 때가 있다. 못 본 척 외면해보고 돌이라도 던져 모습을 왜곡해 봐도 본질이 변하진 않는다. 수많은 타인에게 떳떳하기보다 나 자신에게 먼저 떳떳해야 한다.

그것이 나를 굳건히 지탱할 것이다.

어떤 말들

병원에서 근무하던 시절, 얼마간 담당하던 아흔 살가량의 환자분이 있었다. 하루는 여름휴가로 인해 닷새 만에 인사를 드렸는데 그때 하시던 말씀이 꽤 인상적이었다. 어머님께서는 그릇은 새것이 좋고 사람은 헌것이 좋다는 말씀을 하셨는데, 나는 그 짧은 두 문장이 너무나도 다정해서 얼음장처럼 냉정했던 마음이 부끄럽게 느껴졌다.

오늘날 우리는 참으로 많은 말이 쏟아지는 세상에 살고 있다. 겸손이 미덕이라는 것은 옛말이고, 지금은 자신을 드러내는 것이 미덕인 시대인 것 같다.

오가는 무수한 말 중에서 마음에 닿는 말은 채 몇 장 되지 않는 요즘이기에 냉소적인 마음이 자라난 게 아닐까. 듣는 것은 점차 수동성에 파묻히고 능동성은 온전히 읽는 것에서만 발휘 되고 있다. 그리하여 다정한 사람이 되고 싶다는 종전의 바람은 금세 잊고 말에 대한 냉정함만이 커진다.

하지만 이렇게 우수에 젖은 밤이면 마음 깊은 곳까지 닿았던 다정한 말들이 떠오른다. 어떤 말들은 그렇게 마음에 남아 영원히 헌것이 되는지도 모르겠다.

내 앞날에 후회는 없었으면

나이가 들수록 확실한 건 시야가 넓어진다는 것이다. 이로 인해 지난날, 보지 못한 것들에 아쉬움이 남기도 하지만, 반대로 지금이라도 놓치지 않을 수 있으니 다행이라는 생각도 든다.

앞으로도 보이는 것은 더욱 풍부해지겠지만, 내 앞날에 후회할 건 별로 없었으면 좋겠다.

I was here

애써 외면하려 했던 세상에 들어갔다 오니 무기력을 극복할 수 있으리라는 생각이 든다. 산다는 것이 중요한 게 아니라 어떻게 사는가가 중요하다고 이야기했던 어느 철학자의 말처럼 하나의 방향으로 쏟아지는 생에 조금 더 많은 이야기를 불어넣고 싶다. 그렇게 평생을 다 쏟아내고 나면 둥글게 부풀어 오른 이야기들을 꺼내어 그것을 읽는 재미로 또 한 생을 살 수 있지 않을까.

여행 중 웃으며 말했던 'I was here'. 그 짧은 문장이 일생이라는 책에 촘촘히 기록되었으면 좋겠다.

세상을 바꾸는 힘

자신의 위치에 안주하지 않고 무언가 바꾸려는 사람들을 보면 마음이 놓인다. 희망의 끈이 끊어지지 않은 것 같아서.

'다 그래. 원래 그런 거야'따위의 말에 갇혀 있지 않고 본인의 삶을 사는 사람들. 미약하더라도 세상을 바꾸는 건 이런 힘들이겠지.

당신이 싫어하는 것 세 가지를 쓰시오

자기소개서를 쓰던 중 본인이 싫어하는 것 세 가지를 쓰라는 문항이 있었다. 좋은 것도 많지만 싫은 것도 많아서 단 세 가지만 쓰자니 어쩐지 난감한 기분이 들었다. 겨우겨우 세 가지를 다 쓰고 보니 모두 배타성과 관련이 있는 것이었다.

그러니까 내가 싫어하는 것은 남을 배척하고 자기 생각만을 강요하는 성질이라는 건데, 부끄럽지만 내게도 그 배타성이라는 것이 얼마간 내재되어 있는 것 같다. 실제로 성향이 다른 사람의 말과 관심 없는 분야에 대한 이야기를 들어보려고 하지도 않았던 적이 많았다.

젊음의 장점은 유연한 사고가 가능하다는 것일 텐데, 언젠가부터 정해놓은 틀 안에서만 사고할 수 있게 된 것이다. 어쩌면 생각하지도 못한 사이에 젊음을 잃은 건지도 모른다. (꼰대가 이렇게 탄생하는 것인가!)

헤르만 헤세의 〈데미안〉에는 다음과 같은 문장이 있다.

"네가 누군가를 싫어한다면, 그건 그가 너의 일부분을 갖고 있기 때문이야. 우리의 일부가 아닌 것은 우릴 성가시게 하지 않거든."

이 문장을 읽고 머리를 세게 한 대 맞은 것 같은 기분이 들었다. 어쩌면 내가 싫어하는 세 가지는 결국, 나의 못난 세 가지 모습인지도 모르겠다.

세상에 맞서는 방법

운동을 다시 시작했다. 많은 이유가 있지만 그중 하나는 세상 때문에.

"세상이란 게 도대체 뭘까요. 인간의 복수일까요. 그 세상이라는 것의 실체는 어디에 있는 것일까요. 무조건 강하고 준엄하고 무서운 것이라고만 생각하면서 여태껏 살아왔습니다만, 호리키가 그렇게 말하자 불현듯 '세상이란 게 사실은 자네 아니야?'라는 말이 혀끝까지 나왔지만 호리키를 화나게 하는 게 싫어서 도로 삼켰습니다."

다자이 오사무의 인간실격의 일부분을 인용했다. 인간을 무서워하는 주인공 요조는 세상의 기준과 비위에 맞추기 위해 안간힘을 쓴다. 그래서 자주 겉과 속이 다른 행동을 하곤 한다.

학창 시절 때의 일이다. 먹는 것을 좋아했던 나는 백 킬로그

램이 넘는 둔한 몸을 가지고 있었다. 그때 세상은 뚱뚱하다는 이유로 온갖 조롱의 말을 내뱉곤 했다. 덕분에 작아질 대로 작아진 나는 악에 받쳐 권투와 웨이트를 하며 세상이 말하는 기준에 가까워지려 했다.

그 후 관심사가 운동 대신 사진으로 바뀌어 다시 몸이 약해지자 세상은 또다시 나를 괴롭히기 시작했다. 이번에는 말랐다는 식의 스스럼없는 외모 평가에, 나는 또다시 작아지고 너덜너덜해졌다. 몸에 대한 콤플렉스를 지녔었기에 외모 평가만큼은 감당하기 어려운 것이었다.

세상은 다이어트에 성공한 사람을 독하다고 한다. 그러나 천성이 독한 것과 거리가 멀었던 내가, 사십 킬로그램의 체중 감량을 할 수 있었던 건 순전히 세상이 던진 말들 때문일 것이다. 무심코 내뱉는 평가의 말들은 비수가 되어 날아왔다. 덕분에 동기부여가 되었으니 조금은 고마워해야 하는 걸까.

아무튼 한때는 직업이 될 정도로 좋아했던 운동을 다시 시작한다. 이번에는 내가 세상을 평가해볼까. 당신 몸이나 돌아보는 게 어떠냐며.

무례한 세상에 점잖게 구는 것은 쉬운 일이 아니다.

좌우명

어린 시절, 선생님께서 좌우명을 써보라는 말에 '바르게 살기'라고 대충 적어서 보여줬다. 그 이후로 다른 건 다 바꿔도 좌우명만큼은 바꾸지 않았다. 내심 유치하다고 생각한 적도 있지만, 살아가면서 성실까지는 아니라도 정직하게는 살겠다는 마음이 좋았다. 스스로를 속이는 행위를 최악이라고, 그런 행위는 본인의 존재를 갉아먹는 것이라고 생각했다.

그런 의미에서 윤동주 시인을 존경했다. 나 역시 하늘을 우러러 한 점 부끄럽지 않기를 바랐으니까. 만약 한 점 부끄럽더라도 그것을 또렷이 알고 싶었다. 부끄러움을 아느냐 모르느냐의 차이는 크기 때문에.

그런데 요즘의 나는 어떤가. 정녕 부끄러움을 아는가. 혹시 부끄러움 자체를 속이고 있지는 않은가. 멍청한 합리화로 정직이라는 신념을 훼손한 적은 없던가. 그런 건 위선자와 다를 바 없다고 생각한다.

모두에게 존중받을 마음은 없지만, 나에게만큼은 존중받고 싶다. 그러기 위해 어린 시절, 그 순수한 마음을 잊어선 안 될 것이다.

흰 눈 같은 사람

일말의 악의라곤 찾아볼 수 없는 풍경이 있다. 이를테면 함박눈이 쏟아지는 날 아침이나 누구도 밟지 않은 설경 같은 것처럼. 그런 풍경을 보고 있자면 삐죽 튀어나온 못난 마음이 사라지는 것 같은 기분이 든다.

꼭 그런 풍경 같은 사람이 있었다. 부정적인 내 마음을 어떻게든 긍정하려고 애썼던 사람. 그럴수록 점점 엇나가는 나로 인해 우리는 영영 어긋나게 되었지만 흰 눈이 오면 이따금 그때가 생각난다.

어떤 꾸밈이나 거짓도 없는, 마치 눈 같았던 사람. 내 기억에서만큼은 영원히 녹지 않길.

소유와 상실 사이

행복은 소유와 상실 사이에 있을까? 내가 무언가 소유했다 여기던 순간, 소나기가 지나듯 빠르게 그것을 상실했음을 알았다. 소유는 상실의 시작이라고 했던가. 이 말에는 동의할 수밖에 없지만, 소유와 상실을 행복과 불행의 은유라고는 생각하지 않는다.

나는 소유와 상실 사이를 사랑했고, 그 순간을 영원으로 돌린대도 좋을 만큼 행복했기에.

그때 나는 얻는 것과 잃는 것, 그 과정 속에서 피어나는 감정들을 사랑했다. 그것들은 나를 흔들었지만 불안에 떨게 하지는 않았고 갓 잡아 올린 물고기처럼 선선히 살아있었기 때문이다. (어쩌면 이런 롤러코스터 같은 감정선을 즐겼는지도 모르겠다.)

그래서 나의 행복은 딱 그사이에 존재한다. 얻음과 잃음의 한가운데에서 살아있는 소중한 감정. 나는 그것을 행복이라고 부른다.

두 가지 선택

돈을 많이 벌거나, 시간을 많이 벌거나. 이 두 가지를 모두 가질 수 있다면 더할 나위 없이 좋겠지만 그건 좀처럼 쉬운 일이 아니다. 두 가지 선택지 중에서 하나를 골라야 하는 상황이 생길 때 나의 선택은 항상 후자였다. 자본주의 사회에서 시간을 선택한다는 건 시대에 어긋나는 선택일 지도 모른다. 하지만 나의 삶은 돈을 얻기 위해서가 아니라, 나를 얻기 위한 곳을 향하고 있다.

이런 선택지가 몇 차례 더 주어져 나를 흔들더라도 언제까지나 나를 잃지 않는 선택을 하고 싶다.

시간이 없어 행복하지 않았던 적이 많았다. 누가 정한 건지는 모르겠지만 해야 할 일을 할 때 돈은 생겼으나 행복하지 않았고, 나를 행복하게 하는 일은 대체로 돈보다는 시간을 필요로 했다.

하고 싶은 일을 하던 날, 하루가 너무 짧아 불평불만을 한 적도 있었는데 그런 내 자신을 자랑스럽게 느꼈던 기억이 난다. 시간은 금이라고 하던가. 사실 시간은 금 따위와는 비교할 수 없는 가치를 가졌다고 생각한다. 건강한 몸과 시간만 있다면 무엇이든 행할 수 있다.

어른의 태도

많은 사람을 만나고 많은 책을 읽고 오랜 시간을 살수록 느끼는 건 겸손해야겠다는 마음가짐이다. 그러니까 나는 현학적인 사람보다는 무지를 인정할 줄 아는 사람을 가까이하고 싶다.

플라톤의 대화편에서 소크라테스는 말했다.

"이 사람보다는 내가 더 지혜가 있다. 왜냐하면 이 사람이나 나나 아무것도 모르는 것 같은데 이 사람은 모르면서 안다고 생각하지만 나는 모르고 또 모른다고 생각하기 때문이다."

무지를 무식이 아닌, 있는 그대로의 무지로 받아들이는 모습에서 나는 여유와 지혜를 보았다. 어쩌면 이것이 앎에 다가가는 지름길인지도 모르겠다.

나무를 아는 것으로 숲을 말하는 것이 아닌, 나무를 알아도 나무를 모른다고 할 줄 아는 겸손함. 어른이 품위를 지키기 위해 지녀야 할 태도는 바로 이런 게 아닐까.

조급한 잰걸음

만원 전철에서 내리고 보니 에스컬레이터 앞에 사람들이 줄지어 서 있었다. 조금이라도 빨리 내려가려고 잰걸음을 하는 사람들. 그 속에서 그들과 발맞춰 걷고 있는 내 모습을 보니 새삼스레 회의감이 들었다. 나 언제부터 이렇게 조급해졌을까.

사람들에게는 각자의 길이 있다고, 그러니 속도보다는 그 길을 아는 것이 중요하다고 이야기해온 사람은 내가 아닌가. 그런데 요즘의 나는 남들만큼 살고 싶어 안간힘을 쓰기 급급하다. 타인과 나를 비교하며 부족한 부분을 자책하고 스스로에게 상처를 주기도 하는 날들. 그동안 우선시해온 가치들이 점점 뒤로 물러나고 있다. 굳은 표정으로 잰걸음을 하는 내 모습에서 그런 마음을 보았다.

조금 늦게 내려가면 어떻고, 남들과 다른 방향으로 나아가면 어떤가. 남들만큼 사는 삶이란 결국 내가 지워지는 삶이 아닐까. 한 걸음 더 빨리 가겠다고 인상 쓰고 조급해하는 건 나다운 모습이 아니다. 인생은 남이 살아주는 게 아니라 내가 살아가야 하는 거니까. 다시 나를 행복하게 하는 것이 무엇인지 알고 그것에 가까워져야겠다. 조급한 걸음이 마음에 조바심을 일으키는지도 모르는 일이니 우선 걸음걸이부터 고쳐볼까.

잔향

시간이 흐를수록 삶은 나의 색으로 짙어지지만, 함께 깊어지는 사람은 몇 없고 한철 피고 지는 꽃처럼 사람도 그럴 뿐이다.

소유와 상실이 반복되는 기구한 운명에 살고 있다. 어쩌면 매일은 그 불안한 외줄 타기에 오르는 일인지도 모른다. 언젠가 걸음을 헛디뎌 낙화하는 꽃처럼 모든 걸 상실한 채 추락하는 날이 있을 것이다. 다만 그걸로 끝은 아니었으면 좋겠다.

꽃이 진 자리에 그리움이 남듯 잔향(殘香)이 짙은 사람이고 싶다. 누군가에게 사무치는 사람이 되고 싶다.

버킷리스트

며칠 전 올해의 버킷리스트를 나열해볼 요량으로 다이어리를 샀다. 첫 장을 넘겨 올해에는 어떤 것을 이루어볼까 고민하다 이내 그만두기로 했다. 매년 버킷리스트는 거창하게 세우면서 정작 이루는 것은 반이 채 되지 않기 때문이다.

사람들은 꿈을 크게 가지라고 말한다. 꿈을 이루지 못하더라도 그 과정에서 얻는 것이 많다는 이유로. 그러나 매년 이렇게 꿈만 크게 갖고 정작 이루는 것은 없으니, 좌절감만 느끼게 하는 버킷리스트 작성은 그만두기로 한 것이다. 대신에 단 하나 이루고 싶은 것을 적었다.

'그저 하루하루 성실하게 보내기'

더 이상 거창한 꿈같은 건 됐으니 올해에는 부디 내 앞에 있는 사람과 맡은 일, 주어진 시간에 성실을 다할 수 있기를. 무척이나 게으른 나지만, 올해의 버킷리스트는 하나뿐이니 그 정도는 이룰 수 있지 않을까.

낡을 수 있기를

자꾸만 낡은 것들이 좋아진다. 김수영 시인은 '낡아도 좋은 것은 사랑뿐'이라고 했는데 나는 그것 말고도 좋은 걸 많이 생각하게 된다. 낡아도 좋은 건 그대로 좋은 것. 그러니 좋은 마음으로 좋은 사람으로 낡을 수 있기를.

소리와 소음

책을 읽거나 공부를 할 때 주변 소리로부터 민감해서 괴로울 때가 많다. 그런데 신기하게도 이어폰에서 흘러나오는 음악 소리는 아무리 커도 신경을 쓰지 못하는데 내 귀는 음악을 소음으로 인지할 줄은 모르나 보다.

하지만 음악을 듣지 못하는 상황에서는 주변의 모든 소리를 거대한 소음으로 인지하는지라 마음의 평화가 쉽게 깨진다. 그럴 때 주변을 둘러보면 나만 예민한 것인지 다른 사람들은 신경도 쓰지 않고 하던 일을 잘만 하고 있었다. 보통 사람들은 무언갈 할 때 음악을 들으면 집중을 할 수 없다고 하던데, 그 외의 소음에는 별로 개의치 않는가 보다. 반대로 나는 음악 소리를 제외한 모든 소리를 힘들어한다.

그 때문에 어떤 공간에서든 최대한 작게 대화를 하려고 하는데 가끔은 대화 소리로 온 공간을 가득 메우는 사람들을 본다. 쩌렁쩌렁 자랑이라도 하듯 모든 대화 내용을 공개하는 사람들. 그러고 보면 사람마다 소리에 대한 허용범위도 많이 다른가 보다.

내가 음악 소리가 아닌, 다른 소리를 무시할 수 있는 귀를 가졌다면 어땠을까. 그랬다면 조금은 다른 인생을 살고 있지 않을까. 아무튼 지금 나오는 산울림의 '너의 의미'는 참 좋다.

새로운 바람

연필로 쓴 새해 바람이 벌써 지워지려 한다. 한 글자씩 덧씌우고 덧씌우다 문득 바람이란 게 원래 흘러가는 것이 아닌가 생각한다. 그런 거라면 바람 말고 다른 이름으로 부르기로 하자. 의미만 통한다면 이름이야 상관없지 않을까. 이름을 바꾸는 것으로 바람이 지워지지 않는다면, 순간의 마음을 영원처럼 길게 지속시킬 수 있다면, 지워져선 안 될 것들은 이름을 바꿔서 불러야 하나.

쭉 나열한 바람들을 '바램'과 같이 억지로 틀리게 적어본다. 그렇게 하면 바라는 마음을 잡아둘 수 있지 않을까 하는 실없는 생각과 함께.

나름의 대답

낮보다 밤이 긴 계절이라 거리의 불빛이 유난히 아름답다. 낮에는 햇빛이 있는 곳을 찾아 걷고, 밤에는 불빛이 있는 곳을 찾아 걷는다. 낮과 밤 모두가 빛을 찾아 걷고 있으니 어쩌면 나의 삶은 빛을 향해 걷는 것인지도 모른다. 그렇다면 그 빛은 무엇인가, 라는 질문을 하지 않을 수가 없는데 나는 한 번도 그 질문에 대해 스스로 만족할 만한 대답을 해낸 적이 없다. 사랑이라고 해야 할지, 행복이라든가 가족, 뭐 이런 판에 박힌 대답밖에 떠오르는 게 없기 때문이다.

그런데 불현듯 이런 생각이 드는 거다. 벌써 그 대답을 할 수 있다면 남은 삶은 그 대답대로 흐를 것인데 그건 너무 재미없지 않겠는가. 예컨대 영화도 끝을 미리 알고 보면 재미가 덜한 것처럼 삶의 대답을 알고 난 후의 시간도 마찬가지일 것이다.

생의 끝까지 이런저런 대답을 해보며 살아가고 싶다. 정답을 맞힐 수는 없을 것 같지만, 꾸준히 사유하고 나름의 대답을 하다 보면 조금은 가까워질 수 있지 않을까. 그러고 보니 사유하는 것, 어쩌면 그 자체가 정답이 될지도 모르겠다.

밤의 책상

밤의 책상에는 생각들이 쌓인다. 우리가 함께 있던 밤에 쌓인 건 생각이 아니라 마음이었는데, 혼자 있는 밤에는 마음이 쌓일 자리가 없다. 낮이 오면 생각들은 어딘가로 달아나고, 때 묻은 마음과 어질러진 일상이 돌아온다. 이렇듯 밤의 나와 낮의 나는 가까운 듯 멀리 있다.

밤새 아무리 많은 생각을 하고 정리를 해도 낮의 일상과 마음이 그대로인 건 제대로 정리를 하지 못했기 때문일 것이다.

엉뚱하게도 변함없는 건 왜 이런 것뿐일까.

一得一失

참으로 고된 일이 많은 한 해입니다. 그중에서도 가장 고된 것은 아무래도 상실이겠지요. 옛말에 '一得一失*'이라 하여 하나를 얻으면 하나를 잃는다고 합니다. 하지만 무엇을 얻고자 이렇게 많은 것을 놓친 건지 저로서는 잘 모르겠습니다.

시간은 잃어가는 것만을 보며 멈춰있는 사람을 결코 기다려주지 않을 거라는 생각도 하였습니다. 그래서 인력으로 어찌할 도리가 없는 일이 아니라면 조금 더 힘써 쥐고 있을까 합니다. 어쩌면 이것이 제가 얻게 되는 하나가 아닐까, 하는 희망을 품으면서요.

* 일득일실 : 하나를 얻으면 하나를 잃는다

요행

흔들리고 있다고 했다. 그래서 아무도 없는 산으로 들어가 모든 사람을 차단한 채 책을 읽고 술을 마셨다. 안주는 없었지만 지리산의 풍경과 공기가 그것을 대신할 수 있었다. 그렇게 이틀을 보내고 나니 조금은 회복된 것 같았다. 내면의 악한 모습이 조금은 사라진 것 같았다.

세상에 치이고 생각에 치이고 사람에 치이고 그렇게 치이듯 사는 게 삶인 걸까. 이런 생각을 하는 걸 보니 다시 흔들리고 있는 것이겠지.

떠나야 할 때가 된 건지도 모르겠다.

낡아가는 줄도 모르고 나아가기 바빴네.
늙어가는 줄도 모르고 나아가기 바빴네.

3장. 우리는 우리를 모르고

마음을 담는다는 말을 생략하고 있었다.

'잊는 것'과 '잇는 것'

'잊다'와 '잇다'는 한 획 차이인데, 의미는 많이 다르다. 하나는 과거에 남겨두어야 하고, 하나는 미래로 함께 가야 한다. 가끔은 잊고 싶어도 잊히지 않는 것이 있는데, 어쩌면 그런 건 한 획 만큼의 마음을 덜어내야 하는 건지도 모르겠다.

언젠가의 이별이 그랬다. 그때의 연인은 우리를 정리하면서 자신을 잊어달라고 말했다. 이별의 사유는 내 마음이 너무 크다는 것이었는데, 당시로써는 그 말이 도저히 납득이 가지 않았다. 사랑에 서툴렀던 나는 모든 마음을 그녀에게만 쏟았고, 그렇게 하는 것만이 사랑하는 것이라고 착각했다. 조금이라도 관계가 느슨해지면 이별의 그림자가 드리우고 있다고 생각해서 어떻게든 가까워지려고 했고 일말의 거리감도 남겨두지 않으려 했다. 상대방의 마음은 제대로 살펴보지 못한 채 그저 온 마음을 퍼붓기만 한 젊은 날이었다. 그러니 상대방이 지칠 수 밖에 없었던 것이다.

이별을 재촉한 꼴이 된 나는 잊고 싶은 사람을 잊어야 한다고 생각하니 서러움에 북받쳐 눈물을 흘렸다. 그렇게 며칠을 울적하게 보내고 나서야 이별을 받아들였지만, 아직까지도 그 시절의 우리를 잊지는 않았다. 미련도 그리움도 더 이상 남은 것은 없지만, 그 서투름이 가르쳐 준 것이 작지 않아서 억지로라도 기억하고 있다. 마음을 퍼붓는 것만이 사랑은 아니라는 것. 그러니 미래로 함께 갈 인연을 이어나가기 위해 과거의 우리를 잊지 않고 기억해본다.

어떤 시절은

어느 봄날, 그러니까 우리가 아직 우리였던 날. 영화를 보고 집에 가는데 갑자기 비가 내렸다. 우산이 없던 우리는 일단 뛰어보기로 했고, 이내 지친 당신은 처마 밑에서 잠시 비를 피하자고 했다.

그곳에 머물며 우리가 어떤 대화를 나누었는지는 기억하지 못한다. 다만 내 품에 기대어 있던 당신의 얼굴이 많이 평온해 보였던 것과 마주 잡은 두 손이 따뜻했던 것만은 또렷이 기억한다. 어떤 시절은 말보다는 얼굴과 온기로 마음에 남는지도 모른다.

아름다운 사랑의 한 시절이었다. 당신은 어떨지 모르겠지만, 나는 그 시절의 우리를 오래도록 사랑했다. 나중에는 눈앞에 있는 당신보다 그 시절의 당신을 사랑하는 마음이 커져 서글

플 때가 자주 있었다. 그 마음이 지금까지도 변함없다고 고백하면 당신에게도 내리는 비가 애틋하게 느껴질까. 못다 한 마음이 빗물처럼 쌓인다.

엉클어진 저녁

작년 일월에 근사한 노을을 보여주었던 화성을 새로운 일월에 다시 찾았다. 해는 바뀌었지만 달은 그대로라서 그런지 작년과 마찬가지로 노을이 근사했다. 성벽 한쪽에 기대어 틈틈이 색을 달리하는 하늘을 보며 되뇌었다. 시간이 흘러도 일월은 일월이고 노을은 노을이듯, 나는 나이길 바란다고.

변해가는 하늘을 보며 변하지 않길 바라는 마음이라니. 생각의 실들이 복잡하게 엉클어지고 있었다.

오독

상대를 빨리 알고 싶고, 누구보다 많이 알고 싶어 당신이라는 책을 속독하고 다독하다 보니 오해가 생겼다. 조급함은 마음을 자주 오독하게 만든다. 상대를 제대로 이해하고 바로 보기 위해 필요한 건 느긋함을 전제한 정독일 것이다. 시시각각 변화하는 사람의 마음은 어떤 책보다도 어려울 테니.

緣에 대하여

모르는 사이보다 마주하는 것이 껄끄러운 연(緣)을 생각합니다. 얼굴은 알지만 피해야만 할 것 같은, 마주하면 민망한 그런 연들이 종종 있습니다. 제가 가진 소박한 관계망의 끝에서 머뭇거리는 이들.

맺고 끊는 것이 분명한 성격임에도 연을 끊는 것에는 망설임이 있습니다. 선뜻 끊어내지 못한 채 애매한 사이를 유지하곤 하지요. 암석이 바람에 풍화되듯, 세월이 연을 풍화시킬 때까지 그 애매한 관계를 지속합니다. 그러나 호의도 악의도 없는 그런 무의미한 관계들을 연(緣)이라고 불러도 되는 걸까요. 그런 관계를 생각하면 참으로 얄궂은 마음이 듭니다.

요즘은 그런 연들이 마음을 더 공허하게 하는 것 같다는 생각을 합니다.

집에 가는 길

사람들을 만나 부족하지 않게 즐거웠음에도 집에 가는 길이 헛헛한 건 나뿐만이 아닐 것이다. 그때마다 이런저런 노랫말에 기대어 보고 떠오르는 시 한 구절을 붙잡아보기도 하지만, 부질없다는 걸 모르는 건 아니다.

위로가 필요하단 말은 아니고, 그렇다고 헤어진 당신이 생각난다는 건 더더욱 아니고. 그저 어렴풋한 그리움, 그 자체가 그립다고 하면 설명이 될까.

언제부턴가 그런 대상 없는 그리움이 막연하다.

침묵의 대화

비 오는 날, 버스 창가 자리에 앉은 사람들이 저마다의 상념을 창에 표현하고 있는 모습을 보았다. 그동안 몰랐던 다정하고 수더분한 정경. 거기에는 연인 간의 사랑, 귀여운 아이의 모습, 허기진 사람의 저녁 식사 등 여러 상념들이 펼쳐지고 있었다.

그 순간 나는 유대감과 비슷한, 친밀한 무언가를 느꼈다. 사람과 사람 사이에 놓인 두터운 막 하나가 사라지는 것 같았다. 그 미묘한 분위기에 동조하고 싶어 습기 어린 창에 작은 그림 하나를 보탰다. 형편없는 그림이지만 어쩐지 친근한 기분이 들었다.

버스에서 내려 집으로 걸어가는데 이상하게도 허전함이 느껴졌다. 조금 전까지 누군가와 함께 있다가 홀로 떨어진 것 같은 기분. 침묵 속에도 말이 있는 걸까. 비록 사람들과 말이 오고 가지는 않았으나 아무 대화가 없었다고는 할 수 없을 것 같았다.

겸허한 계절

저는 '반말'이라는 행위에 '반만 존중하겠습니다'라는 의미가 숨겨져 있다고 생각합니다. 아니, 어쩌면 착각하고 있는 걸지도 모르겠습니다. 그래서 늘 존대를 지키려 애쓰는데, 언제부터는 편히 말을 해도 습관이 배었는지 그게 참 쉽지가 않게 되었습니다. 제가 진정으로 하고자 한 것은 존중하는 마음을 갖는 것인데, 주객이 전도되어 이렇게 애달픈 행위만이 남아있습니다.

상대방의 말을 경청하고, 이해가 안 된다면 그의 입장에서 헤아려보는 것을 존중이라고 생각합니다. 다 안다는 듯 자만하는 태도나 무조건 긍정하는 태도는 무관심으로 느껴집니다. 허물이 없는 사이에서는 상대방을 안다고 착각을 하는 때가 많습니다. 종종 그 착각의 오류가 대화를 망치기도 하지요. 저는 존대를 지킴으로써 서로에게 최소한의 허물을 남겨두고 싶었습니다. 허물이 있었으면 하지 않았을 착각들이 서로의 마음을 오해하게 만드는 것을 피하고 싶었습니다. 이런 마음을 존중이라고 생각한 것입니다.

언젠가 존중을 진정으로 행할 수 있는 사람이 될 수 있을까요. 지난날의 제 모습이 떨어진 낙엽처럼 보잘것없이 느껴지는 날입니다.

인연에 익숙한 사람

최소한의 관계만 맺고 살자고, 한 사람이 유지할 수 있는 관계에는 한계가 있다고 믿었다. 잘못해서 그걸 넘어서 버리면 관계에 체할지도 모르는 일이니 짐짓 좁히고 좁혀서 정신적인 평안을 얻기를 택했다. 여러 사람을 겪어오면서 나 자신이 관계의 역치가 낮다는 결론을 갖게 된 이후로는 이런 생각이 온전히 옳다고 판단했다.

그러나 좁히고 좁히다 보니 문득 소화해낼 수 있는 관계가 손에 꼽을 만큼 줄어들었다는 것을 알게 됐다. 최소한이라고 생각했던 것이 어느새 최대한이 되어버린 것이다. 주량 이상의 음주를 계속하면 술이 늘고, 포기해버리면 술이 늘지 않는 것처럼 좁은 관계만 고집하다 보니 어떤 관계도 제대로 소화해낼 수 없는, 외로운 사람이 되었다. 그렇게 소중한 사람을 몇 차례 보내고 나서야 스스로를 돌아보았다.

강한 척하며 아무도 필요 없다고 말하면서도 마음 한쪽에서는 여전히 누군가를 필요로 하는 내가 있었다. '최소한'이라고 믿었던 관계가 '최대한'으로 약해지지 않기 위해 이제는 누군가를 당당히 필요하다고 이야기하려 한다. 때로는 상처도 받겠지만 '온전한 이해'라는 노력도 해볼 것이다. 이별에 익숙한 사람이 아니라 인연에 익숙한 사람이 된다면 더 이상 바랄 것이 없을 것이다.

우리는 우리를 모르고

치기 어렸던 과거에는 타인을 좋은 사람과 그렇지 않은 사람으로만 구분했었다. 그러나 시간이 지나면서 애당초 그런 구분이 무의미하다는 생각이 들었다. 나한테 좋은 사람과 별로인 사람은 있어도, 온전히 좋은 사람과 별로인 사람이 존재하지 않음을 알게 된 것이다. 그래서 근래에는 타인에 대해 어떠한 해석도 하지 않으려 애쓰고 있다.

간혹 하나를 알면 열을 안다는 말을 주문처럼 이야기하는 사람들이 있다. 하지만 사람은 꽤나 입체적이고 복잡해서 하나만으로 전부를, 아니 일부도 제대로 알기 어렵다. 타인을 대할 때 사회적 가면을 통해 보이고 싶은 나를 보게끔 행동을 수정한 경험은 대부분 있지 않은가. 또한 우리는 자신에 대해서도 명확히 안다고 자신하지 못하지 않던가. 그렇기에 누군가를 안다고 자부하는 것은 어쩌면 오만이 가져온 착각인지도 모른다.

나는 외부의 세계보다 존재 너머의 내면에 많은 관심을 두려 하지만, 그렇다고 사람과 사람 사이의 연결을 구태여 끊어낼 마음은 없다. 얇게나마 이어진 연을 통해 긍정과 부정의 에너지를 모두 받기에 불평하지 않고 잘 지내기로 마음먹을 뿐이다.

이제니 시인의 시집처럼 우리는 우리를 모르기에 연결된 사람을 힘들어하는 지도 모른다. 다만, 그 연결이 정녕 지옥인지는 조금 더 신중히 생각해봐야 하지 않을까.

대화의 힘

상대방의 말과 나의 말이 통하지 않는다면 같은 언어를 쓴다고 한들 깊은 대화를 나눌 수 없다. 각자가 사는 세상이 다르기에 중언부언 긴 설명을 늘어뜨려 이해라는 타협을 보아도, 실상 공감은 이루어내지 못한다. 이런 경험이 몇 차례 거듭되자 소모적인 언쟁을 피하고자 얕은 대화만을 나누길 택했다. 공감을 나누기보단 익살꾼을 자처하여 웃음을 나누길 택한 것이다.

그래도 가끔은 대화의 온도가 비슷한 사람을 만나곤 한다. 말과 말이 상호 작용하여 대화의 맛을 느끼게 하는 사람들. 삶의 동력을 스스로에게서만 얻는 내향적인 사람이라고 생각했던 것은 오만이었을까. 돌아보니 그런 사람들과의 대화를 통해 삶의 동력을 얻었던 적이 많았다. 서너 시간의 짧은 대화로 한 주 한 주를 살아왔던 것이다.

문득 궁금하다. 그들도 나와의 대화가 힘이 되었을까. 까만 밤, 우리가 나눴던, 그리고 앞으로 나눌 숱한 대화들이 부디 달콤하길 바라본다.

슬픔이 슬픔을 보살피는 세상

사람을 만날 때만큼은 밝은 모습이 좋다는 강박관념이 있다. 그러나 항상 긍정적인 에너지가 넘치는 사람은 되지 못해 집 밖을 나서기 전 좋아하지도 않는 댄스곡을 틀어놓고 웃긴 생각을 하며 밝은 모습을 짜내다시피 한다.

모든 사람들에게 명과 암이 있다는 것을 안다. 그래서 이런 고충을 겪는 게 나뿐만이 아니며, 일절 특별하지 않다는 것도 안다. 그런데 거리나 카페 그리고 식당에서 삼삼오오 모인 사람들을 보면 누가 시킨 것도 아닌데 똑같이 밝은 모습을 하고 있다. 힘든 건 다 똑같을 텐데 그것마저도 웃어넘길 정도로 모두들 관대한 것일까.

많은 사람들은 말한다. 긍정적인 사고를 하라고. 그렇게 하면 더 좋은 삶이 열릴 것이라고. 그러나 그게 어디 쉬운 일인

가. 빛이 있으면 그림자도 있는 것인데 어떻게 우리가 모두 밝기만 할 수 있을까. 요즘은 그런 말들이 되려 폭력적으로 들린다. 그런 식으로 슬픔이 외면되어지기 때문에 마음속에서 슬픔의 골이 더 깊어지는 걸지도 모른다. 끝내 어두워질 수밖에 없을 정도로.

서로의 어두운 모습도 겸허히 받아들일 줄 알아야 한다. 그렇게 슬픔이 슬픔을 낳는 세상이 아니라 슬픔이 슬픔을 보살피는 세상이 된다면 구태여 밝은 모습을 짜내지 않더라도 우리는 스스로 밝아지지 않을까.

바다보다 깊은 정

어린 시절부터 '정(情)'이라는 것을 별로 느껴본 적이 없다. 누구에게도 우정이나 애정과 같은 정을 느껴보지 않은 것은 아니지만 깊이 품어본 적은 거의 없었다. 이는 애초에 나의 정의 용량이 작기 때문이라고 생각한다.

그러나 어머니께서는 세상 모든 어머니가 그러하듯 내게 넘치는 정을 주셨다. 내가 무엇을 하든, 무슨 모습을 하든 언제나 똑같은 양의 정을 주었다.

일을 마치고 집으로 돌아오니 문 앞에 어머니가 보내주신 택배가 놓여 있었다. 택배를 뜯어보니 온통 내가 좋아하는 것들이 가득하다. 떨어져 산 지 오 년이 넘었는데도 당신은 여전히 나에 대해서 모르는 것이 없나 보다.

몇 해 전 서울에서 홀로 지낼 때, 소환기관이 나빠져 음식을 먹는 게 괴롭고 피부까지 망가진 적이 있었다. 그때 당신에게 딱 한 번 공연히 이야기한 적이 있었는데, 아직까지도 그것을 기억하고 매번 소화에 좋다는 무언가를 보내주는 것이다. 이제는 술이나 야식도 곧잘 먹고 피부도 괜찮아졌는데 말이다. 이 또한 정에서 비롯된 마음이 아닐까. 바다보다 깊은 어머니의 정.

당신의 그런 노력이 아니었다면 내게는 일말의 따뜻함도 없었을지도 모른다. 내가 누군가를 친구라고 느끼며 우정을 품기도 하고, 누군가를 사랑하며 애정을 품기도 하는 것은 전적으로 당신의 노력 덕분일 것이다.

차가운 마음속 작은 온기. 그것은 분명 어머니로부터 비롯되었을 것이다.

이름을 부르는 것

나이가 든다는 것은 호칭 대신 이름을 부를 일이 많아진다는 것이다. 상대적으로 주변에 어린 사람이 많아지기 때문에 형이나 누나가 아닌, '누구야'하고 이름을 부를 일이 잦아진다.

그런데 누군가의 이름을 발음할 때면 신기하게도 다정한 어조로 말하게 되는데, 아마도 알게 모르게 본연의 고유한 이름을 존중하고 있기 때문인 것 같다. 생각해보니 지금까지 만난 형이나 누나, 친구들이 유난히 다정하게 느껴졌던 이유는 그들이 내 이름을 불러줬기 때문인지도 모르겠다.

대학교 1학년 때의 일이었다. 그때까지만 해도 나는 이성 친구와 이야기를 해본 적이 별로 없어서 대학 생활을 하며 알게 된 이성 친구들이 어려웠고, 실제로 부담스러워했다. 그래서 항상 성과 이름을 합쳐서 부르곤 했는데, 한 번은 어떤 친구가 성까지 부르니까 정이 없게 느껴진다며 앞으로는 이름만 부르라고 했다.

불편한 기색을 너무 티 낸 건 아닌가 싶어 그 이후로 친구들을 부를 때 이름만 부르기로 마음먹었다. 처음에는 어색했지만 이름에서 오는 다정한 어감이 마음에 들었다. 호칭이 친근해진 탓인지 친구 사이의 거리감도 많이 좁아져 한 학기 동안 여러 친구를 사귀며 행복한 새내기 시절을 보낼 수 있었다.

그때 내게 용기를 줬던 다정한 친구는 지금쯤 무엇을 하고 있을까. 그 친구가 아니었다면 나의 스무 살이 그만큼 행복하지는 않았을 것 같다.

누군가의 이름을 기억하고 발음하는 것에는 존중과 다정이 서려 있다.

얕은 바다

보이는 것이 다가 아님을 간과하지 않을 것. 우리는 저마다의 심연이 얼마나 깊은지 알지 못한다. 바람의 영향으로 드러나는 바다는 파도일 뿐. 그것이 표면에 불과한 것처럼 사람을 안다고 자신하는 건 파도만으로 바다 전부를 안다고 이야기하는 것과 같다.

당신은 그 파도마저도 전부를 본 적이 있던가.

우리는 저마다의 얕은 바다만을 볼 뿐이다.

조심스런 바람

간혹 본인은 인정받길 바라면서 타인에게는 야박하게 구는 사람을 본다. 자신에게는 관대한 기준을 타인에게는 엄격히 적용하는 것이다. 경쟁이 과열된 사회에서 이런 사람이 나타나는 것은 필연적인 결과인지도 모른다.

그러나 솔직히 좀 질린다. 우리가 아무리 경쟁 속에서 산다고 해서 삶의 태도까지 경쟁이 된다면 너무 서글프지 않은가. 누군가를 인정한다고 해서 자신이 낮아지는 것이 아니다. 서로가 서로를 응원하는 분위기를 만들어 각자의 영역을 존중한다면 너나 내가 아닌, 우리가 함께 성장해나갈 수 있지 않을까.

나의 평안

지하철을 탈 때면 습관처럼 유재하의 '사랑하기 때문에'를 들으며 책을 펼친다. 제대로 듣는 것도 아니고 제대로 읽는 것도 아니지만, 이 상태로 앉아있는 것에서 평안을 느낀다. 한 곡을 반복해서 듣고, 한 장을 반복해서 읽다 보면 외부와 차단된 나의 세계를 만들 수 있다. 무리한 넉살을 부리지 않아도 되고 단정과 평가에 지치지 않아도 되는 세계. 관계의 미로 속에서 잠시나마 탈출해서 숨을 돌릴 수 있는 틈이 생긴다.

선물이 되는 관계가 있는 반면 독이 되는 관계도 있다. 후자의 관계에선 이런 탈출구가 있으면 좋겠다는 생각을 한다. 평가와 단정을 일삼는 이야기를 들을 때, 도의에 어긋난 불의를 목격할 때, 차이와 차별을 구분하지 못하는 생각을 강요할 때 더더욱 그랬다. 전에는 부당한 모든 것들과 싸우려는 호기로

움이 있었는데 지금은 입을 꾹 닫고 고립되는 쪽을 선택한다.

요즘은 내면에 나쁜 감정이 자라나는 모습을 보는 것이 괴로워 부끄럽지만 회피를 택한다. 그때마다 어딘가의 탈출구로 사라지고 싶다. 어쩌면 이러한 행위는 나의 도피인지도 모른다.

지워지지 않는 것

기억이 지워지려 한다. 사진이라면 언제까지나 그때의 감정과 기억을 붙잡아둘 수 있을 거라고 믿었는데 착각이었나 보다. 기억이 지워지고, 감정은 느껴지지 않는다. 그때 너의 표정은 어땠나. 너의 얼굴이 점점 흐릿해진다.

어째서 지워지지 않는 건 미련뿐인가.

슬픔이 사람을 키우는 것일까.
사람이 슬픔을 키우는 것일까.
우리의 마음에는 보이지 않는 슬픔의 강이 흐른다.

애석한 약속

시시각각 변하는 달을 두고 하는 약속은 얼마나 애석한가. 저 먼 곳에 우리의 약속이 닿기도 전에 변해버린 사랑은 자주 쓸쓸했다.

모든 게 변하는 세상에서 영원을 꿈꾸는 사람은 낭만과 애수를 동시에 품은 자일 것이다. 변한다는 것을 알면서도 연거푸 약속해보는 사람.

부질없어 보일지도 모르겠으나 그건 사랑의 또 다른 모습이 아닐까.

기댈 수 있는 어깨

위로가 필요했던 날은 별로 없었다. 섣부른 위로가 아니라 묵묵히 곁을 지켜줄 사람이 필요했던 날이 많았지.

만약 가까이에 어려움을 겪고 있는 이가 있다면 기댈 수 있는 말보다는 든든한 어깨를 내어주도록 해보자.

쉼표와 마침표

요즘 글을 쓸 때면 쉼표나 마침표를 하나씩 빼먹곤 한다. 여기서 호흡을 돌려야 하고, 여기선 끝매듭을 지어야 하는데 그걸 무의식적으로 건너뛰는 것이다.

비단 글뿐만이 아니다. 관계에 있어서도 적당한 거리를 두어 호흡을 돌려줘야 할 때가 있고, 매듭을 짓고 작별을 해야 할 때가 있다. 그걸 제대로 하지 못하면 창틀 위에 쌓인 먼지처럼 치우기 귀찮은 존재로 남는 관계가 생긴다.

가볍게 여길 수 있는 쉼표나 마침표를 제대로 사용하지 않아 의미가 왜곡되는 문장처럼, 관계에서도 거리 두기와 끝맺음은 중요한 것이다. 누군가를 좋아한다는 이유로 가까워지려고만 한다면, 그건 배려가 생략된 맹목적인 관계가 될 수 있다. 상대를 위해 멀어짐을 생각하는 마음도 필요하다. 그게 생략된 마음은 애정이라는 옷을 입은 욕심일지도 모른다. 마찬가지로 좋아한다는 이유로 이별을 미루고 미뤄 서로의 추한 모습까지 보게 되는 관계도 있다. 그것 역시 애정이라는 옷을 입은 이기적인 마음이 아닐까.

모르는 사이의 진심

한동안 연락이 뜸했던 친구들을 만나고 돌아오는 길이면, 그동안 왜 다정하게 대하지 못했는지, 왜 굳이 모든 인연과 담을 쌓고 지내려 했는지에 대해서 자책한다. 세상 혼자 살 것 같이 강한 척해도, 결국은 사람이 그리워 고향을 찾는 것 아닌가.

그동안 분수에 맞지 않게 많은 인연을 만날 수 있어서 인연을 보내는 것에 두려움이 없었다. 부끄럽지만 스스로 인연을 끊어낸 적도 많았다. 그렇게 하나둘 멀어지는 사람들을 보면서도 계절 한철 바뀌는 것 마냥 태연하게 관망했다.

오늘은 스무 살에 친했던 친구를 우연히 만나, 놀라서 나도 모르게 손을 잡고 반가워했다. 때로는 모르는 사이에 나오는 것을 진심이라고 하지 않던가. 염치없지만 난 사실 많은 인연들을 그리워하고 있는지도 모른다.

언젠가 들었던, 그릇은 새것이 좋고 사람은 헌것이 좋다는 말이 이틀째 머릿속에 맴돈다.

서로가 서로의 무게를 감당할 수 없어
짐이 되는 관계까지 사랑이라고 믿었던,
어리숙해서 더없이 순수했던 날들. 그 뜨거웠던 청춘들.

룸메이트

어제는 대학 시절 유일하게 룸메이트를 지낸 친구를 만났다. 5년이란 세월이 무색할 정도로 여전히 나는 약속에 지각을 했고, 그런 나를 재치 있는 말투로 놀리는 친구도 여전했다.

5년 전쯤, 인간관계에 대해 깊은 회의감을 느껴 손에 꼽을 정도의 사람을 제외하고는 모두 정리하는 쪽을 택했다. 나쁜 사람은 없었지만 (있다면 나였을 것이다) 사람들에게 내 모습이 자꾸 왜곡되는 것이 싫었고, 그것을 정정할 열의와 능력도 없었을뿐더러 서로의 이해가 엮인 관계가 못마땅했다.

그즈음 내가 기댄 것은 여행이었다. 복잡한 것을 내려놓고 홀가분한 마음으로 낯선 곳을 거닐었다. 타지에서 만난 사람들과 편견 없이 대화를 나누고, 전공과 관련 없는 책을 읽으며, 여린 감수성을 자극하는 순간들을 사진과 글로 기록했다. 그렇게 일 년여간의 세월이 지나자 어느 정도 회의감을 극복할 수 있었다. 그렇다고 멀어진 관계들을 되돌릴 수는 없었지만 새로운 관계들이 그 자리를 대신해주었다.

그러나 이번에 친구를 만나며 묵혀둔 옛 기억을 꺼내어보니 당황스러울 정도로 크게 나빴던 것이 없었다. 어쩌면 시간이 기억을 미화한 것인지도, 그게 아니면 나쁜 건 오직 나의 마음뿐일지도 모른다.

다만 한참을 놀리던 친구가 '너는 독기가 있어서 무엇을 하든 잘 될 거야'라는 식의 말을 했을 때는 내심 다행스러웠다. 그래도 내가 온전히 나쁜 사람만은 아니었구나, 하는 안도감이 들어서. 여하튼 사춘기 청소년보다 감정 기복이 심한 나와 한 시절을 보냈던 친구가 언제까지나 여전하길 바란다.

취향에 관한 인터뷰

얼마 전 BBC 코리아의 윤종신 인터뷰를 봤다. 이야기 중 취향은 사람의 방향성에도 큰 영향을 끼친다는 말에 백분 동의했다. 취향은 사람의 색깔이나 개성을 나타내는 최선의 수단이라고 생각한다. 취향이 뚜렷한 사람은 뿌리가 깊은 사람이다. 그래서 타인의 영향력에 쉽게 흔들리지 않고 자신의 주관이 확실하다.

반면에 무취향인 사람들은 타인의 색깔에 쉽게 물든다. 인터뷰에서는 음원 사이트의 쏠림 현상을 예로 들며, 무취향인 사람들은 누가 조금 앞서면 거기로 우르르 간다고 이야기한다. 뿐만 아니라 알고리즘 세상인 요즘에는 자신의 취향을 확실히 알지 못하면 기계에 의해 흘러가는 삶이 될지도 모른다. 그만큼 취향은 중요한 것이다.

그 중요성에 대해서 생각하다 나의 취향은 어떤지 돌아보았다. (이런 식의 구분을 좋아하진 않지만) 사진은 오래된 풍경을 찍는 것이 좋고, 독서는 소설보다는 산문이, 운동이나 여행은 함께하는 것보다는 혼자가, 반대로 영화는 함께 보는 것이 좋다. (그 밖에도 색깔은 주황색, 플레이리스트는 유재하, 봄꽃은 목련, 신발은 구두 등등…) 뿌리가 얼마 깊지는 못하지만, 전부터 나다운 사람이 되고 싶었기에 취향에 대한 관심이 소홀하진 않았다.

반면에 무취향의 쏠림 현상도 충분히 이해가 간다. 나조차도 어느 유명한 카페에 가서 남들과 똑같이 사진을 찍어보기도 하고, 유행하는 옷을 별생각 없이 입고 다녔던 적이 있으니까. 다만 그 취향은 흉내 낸 것이지 내 것이 아니다. 그래서 가능하면 피하려 노력한다. 타인의 색으로 물들고 싶은 마음은 별로 없으니까.

그런데 가끔은 예술의 영역인 사진이나 글까지도 흉내 내기 급급한 사람들을 본다. 공장에서 찍어낸 듯한 똑같은 구도의 사진들, 누군가의 글에서 본 듯한 개성 없는 문장들. 멋있다는 생각이 들 때도 있지만 매력적이라는 생각이 들진 않는다.

자신의 색깔을 찾고 지켜야 할 때다. 순간의 선택이 모여 인생이 된다면, 취향에 대해 선택을 하기 전에 이게 나다운 것이 맞는가, 하는 생각을 해보는 것도 좋지 않을까. 가끔은 그 생각을 하지 못해 나다움을 잃어버릴 때도 있지만, 앞으로는 선택의 순간에 조금 더 많은 시간을 할애하려 한다. 그다지 멋지지 않더라도 어찌 되었든 내 인생, 나답게 흘러가고 싶으니까.

냇물 같은 삶

요즘 도통 제시간에 잠을 이루지 못해 멀뚱히 허공을 보는 시간이 많아졌다. 눈을 뜬 것과 감은 것이 구분되지 않는 캄캄한 밤. 하잘것없는 생각을 하며 잠이 오길 기다린다.

그러다 문득 드는 생각이 좋아하는 것이 너무 많다는 것이었다. 이 말을 다르게 하면 좋아하는 것이 무엇인지 모른다는 것이기도 하다.

좋아하는 것을 다 해봐야 직성이 풀리는 성정과는 다르게 그 깊이는 얼마 되지 못하였다. 남들은 하나면 충분할 전공을 세 개나 가지고, 나름대로 애독자(愛讀者)이면서도 좋아하는 작가가 누구라고 댈 수 없는 것은 이러한 이유 때문일 것이다. 그동안 좋아한다고 생각했던 것들은 어쩌면 얼마간 관심이 있는 정도였는지도 모른다.

한 사람의 삶을 바다라고 한다면 지금껏 살아온 나의 삶은 냇물 정도가 되지 않을까. 깊지는 않되 어딘가로 흐르는 맑은 물. 다만 고인 물은 아니기에 흐르고 흐르다 보면, 언젠가는 바다로 흘러가 깊이 있는 사람이 될 수 있지 않을까, 하는 낙관적인 생각도 해본다.

다시 캄캄한 밤, 고요한 적막은 어딘가로 나를 데려가고 있다.

행운길
27
1676-3호

"

꽃의 소리에 귀를 기울이면
가끔은 마음의 소리가 들리기도 한다.

"

중규斷想

홍중규 씀

소란하지 않은 날

초판 1쇄 발행 | 2020년 04월 10일

글 · 사진 | 홍중규(@gyuya_)

펴낸곳 | Deep&Wide 편집 | 신하영 이현중
발행인 | 신하영 이현중 도서기획 | 신하영 이현중

주소 | (07292) 서울특별시 영등포구 영등포로 29길 5, B1층 49호
이메일 | deepwidethink@naver.com
ISBN | 979-11-968126-3-8

이 도서의 국립중앙도서관 출판예정도서목록(CIP)은 서지정보유통지원시스템(http://seoji.nl.go.kr)과 국가자료종합목록시스템(http://www.nl.go.kr/kolisnet)에서 이용하실 수 있습니다.

© Deep&Wide, 2020

파본은 구입하신 서점에서 교환해 드립니다.
이 책은 저작권법에 의하여 보호를 받는저작물이므로 무단 전재와 복재를 금합니다.